Bernhard Meuser

Sternstunden

www.fontis-verlag.com

Bernhard Meuser

STERN STUNDEN

Das Buch der ganz normalen Wunder

fontis
BRUNNEN BASEL

Bibliografische Information der Deutschen Nationalbibliothek
Die Deutsche Nationalbibliothek verzeichnet diese Publikation in der Deutschen Nationalbibliografie; detaillierte bibliografische Daten sind im Internet über www.dnb.de abrufbar.

Umschlag: Spoon Design, Olaf Johannson, Langgöns
Satz: InnoSet AG, Justin Messmer, Basel
Druck: Finidr
Gedruckt in der Tschechischen Republik

ISBN 978-3-03848-078-5

Inhaltsverzeichnis

Von der Kunst des richtigen Anklopfens

(Moses Mendelssohn)

Plötzlich kam Bewegung in die Soldaten mit den schmucken preußischen Uniformen. Sie, die sonst wie die Ölgötzen am Tor standen und die Bauern und Händler passieren ließen, senkten die Bajonette vor einem Halbwüchsigen. Mit Händen und Füßen versuchte der hagere, verwachsene Junge den Soldaten deutlich zu machen, warum er unbedingt in die Stadt musste. Die schüttelten nur den Kopf und wiesen ihm mit den Bajonetten unmissverständlich die Richtung: «Sieh zu, dass du weiterkommst, Judenbub!»

Berlin, die Hauptstadt des aufgeklärten Fürsten Friedrichs II., war im Herbst 1743 für Juden noch immer eine verschlossene Welt. Der schmächtige jüdische Junge, dem die Soldaten am Halleschen Tor den Zutritt in die Stadt verwehrten, war die 150 Kilometer von Dessau nach Berlin barfuß herübergewandert. Schuhe besaß er nicht. Die Berliner Wächter und Zollbeamten waren angewiesen, einreisewillige Juden genau unter die Lupe zu nehmen. Sogenannten «Handelsjuden» wurde der Zutritt generell verwehrt. Andere Juden durften sich in Berlin nur niederlassen, wenn sie einen Ruf als Wissenschaftler besaßen oder über viel Geld verfügten.

Danach sah der halbverhungerte 14-jährige Moses, der seine ganze Habe in einem Säckchen auf dem Rücken trug, beileibe nicht aus. Zeitgenössische Beschreibungen erwecken heute noch Mitleid: Moses war ein kleines und schmächtiges Kerlchen, geradezu ein Knirps. Dünne Arme und Beine schauten aus den schlechten Kleidern. Der Junge stotterte, konnte kaum ein paar Brocken Deutsch. Die Juden lebten unter sich und hatten ihre eigene Sprache – das Deutsch ihrer Unterdrücker war verpönt. Zu allem Unglück trug der Junge einen deutlich sichtbaren Buckel durch die Welt. Dass der junge Moses ein liebenswertes, intelligentes Gesicht hatte, eine hohe Stirn und wache Augen, sollte die Hüter des Gesetzes nicht rühren.

Was sollte er machen? Nach Dessau zurückwandern? Das war keine Alternative. Die Eltern waren bettelarm, hatten jüngere Kinder und konnten den Heranwachsenden nicht länger versorgen. Moses musste selbst sehen, wie er durch die Welt kam. Und in Berlin lebte jetzt sein geliebter Dessauer Lehrer Rabbi David Hirschel Fränkel. Er hatte ihn eingeladen, zu ihm zu kommen. Bei ihm wollte Moses lernen. Sprachen lernen, studieren, die Welt durch Wissenschaft erobern – das war sein Traum! Es musste ihm einfach gelingen, in diese Stadt zu kommen. Wenn es an dem ersten Tor nicht möglich war, musste er halt an einem anderen Stadteingang anklopfen – vielleicht hatte er da mehr Glück.

Und so kam es, dass Moses von einem Berliner Tor zum nächsten zog: vom Halleschen Tor zum Potsdamer Tor, vom Potsdamer Tor zum Brandenburger Tor, vom Brandenburger Tor zum Neuen Tor, vom Neuen Tor zum Oranienburger Tor, vom Oranienburger Tor zum Hamburger Tor. Überall sah der Junge die gleichen Bajonette, die ihm den Zutritt verwehrten. Als er endlich am Rosenthaler Tor angekommen war, erfuhr er, was er auch schon am Halleschen Tor hätte erfahren können: Hier war der einzige Eingang, durch den ein Jude die Stadt betreten konnte.

Aber auch hier musste man für eine zeitweilige Einreise Zoll entrichten, «denselben Zollsatz, der auf polnische Ochsen erhoben wurde», wie Amos Elon bemerkt. Da im Preußen Friedrichs des Großen Ordnung herrschte, lesen wir in einem Berliner Wachjournal des Jahres 1743 die Eintragung: «Heute passierten das Tor 6 Ochsen, 7 Schweine, 1 Jude.»

Es sollte eine der besten «Erwerbungen» werden, die Berlin je machte. Aus dem schüchternen, verwachsenen Büblein, das schließlich doch erfolgreich am Rosenthaler Tor angeklopft hatte, wurde der Stammvater der Mendelssohn-Dynastie, zu der der Komponist Felix Mendelssohn-Bartholdy, seine Schwester Fanny Hensel oder Arnold Mendelssohn ebenso gehörten wie berühmte Banker und Wissenschaftler.

In Berlin nannte man ihn bald den «deutschen Sokrates», auch den «jüdischen Luther». Aus dem kleinen Thora-Schüler, der in einem Loch hauste, heimlich Deutsch, Französisch und Latein lernte und sich seine kargen Mahlzeiten mit dem Abschreiben hebräischer Texte verdiente, wurde im Laufe der Zeit der europaweit geachtete Aufklärer und Philosoph Moses Mendelssohn, der Freund Herders und Wielands, der Mann, dem Lessing in seinem Drama *Nathan der Weise* ein unvergängliches Denkmal setzte.

1763 ging der erste Preis der Berliner Akademie der Wissenschaften nicht etwa an Immanuel Kant, der sich ebenfalls beworben hatte, sondern an den Juden Moses Mendelssohn. Zwar verweigerte Friedrich II. ihm selbst 1771 noch die Aufnahme als ordentliches Mitglied in die Akademie; damit aber stellte der König sich gegen die gesamte erste Garde des Berliner Geisteslebens, die den Affront gegen den Philosophen nicht mittrug. Die Stadt, die ihm einst die kalte Schulter gezeigt hatte, hofierte ihn nun. Ein bekanntes Berliner Diktum lautete: «Von Moses bis Moses war keiner wie Moses.»

Ein zweites Mal berichten die Mendelssohn-Chroniken von der Kunst des Anklopfens. Und dieses Mal war nicht ein Dutzend Berliner Torwächter zu überzeugen, und auch nicht das erlauchte Gremium einer wissenschaftlichen Akademie. Es ging um Liebe – ein Spiel also, in dem ein Mann mit einem missgestalteten Körper schlechte Karten hat. Moses Mendelssohn musste den Schlüssel zum Herzen eines bezaubernden Mädchens finden, in das er sich Hals über Kopf verliebt hatte.

Die Geschichte begann damit, dass Mendelssohn 1761 seinen Freund und Förderer, den Arzt Aron Gumpertz, in Hamburg besuchte. Gumpertz lebte mit seiner Frau im Haus des renommierten jüdischen Kaufmanns Abraham Gugenheim. So kam es, dass er in den vier Wochen seines Aufenthaltes auch mit Fromet Gugenheim, der Tochter, bekannt gemacht wurde. Dass sich der Mann des Geistes sofort unsterblich in das Mädchen verliebte, kann jeder nachvollziehen, der das anmutige Bildnis des jungen Mädchens betrachtet: Helle, wache Augen blitzen aus einem offenen Gesicht; ein liebes, angenehmes Wesen strahlt in die Welt.

Aber Fromet ist mehr als ein Frätzchen mit einem hübschen Gesicht. Fromet ist selbstbewusst und erstaunlich belesen. Natürlich kennt sie den Berliner Philosophen, hat sich in seine Schriften vertieft und sich manches aus seinen Büchern herausgeschrieben – Worte wie: «Wahrheit erkennen, Schönheit lieben, Gutes wollen, das Beste tun.»

Vielleicht hat sie sich auch ein Bild von ihm gemacht, in Gedanken damit gespielt, ihn kennen zu lernen, ihn für sich einzunehmen, ihn mit ihrem Charme zu bezaubern. Aber als sie den berühmten Mann jetzt leibhaftig vor sich sieht – klein, verwachsen, hässlich –, erschrickt sie fürchterlich. Es kommen ihr – so überliefert es die Familie Mendelssohn, und so hält ein jüdischer Hauskalender den Moment fest – die Tränen. *Warum* sie weint, liegt auf der Hand: Sie wollte sich verlieben – aber vor ihr steht ein Monster.

Eine normale Geschichte wäre an dieser Stelle zu Ende gewesen. Nicht aber die Geschichte des Moses Mendelssohn. Wie er, der Hässliche, Verwachsene, reagiert, wie er sein Handicap zum Vorteil macht, wie er mit Weisheit, Wärme und feinem Witz das Herz einer jungen Frau im Handstreich erobert – all das gehört zu einer der anrührendsten Liebesgeschichten der Welt. Die Geschichte geht so:

Moses und Fromet unterhalten sich. Nun ja, man kann auch mit hässlichen Menschen sprechen – besser vielleicht als mit oberflächlichen Schönlingen. Auch Fromet macht diese Erfahrung. Bald ist sie bezaubert von der angenehmen Stimme, der Eleganz und Tiefe des Berliner Philosophen. Sie sprechen über Gott und die Welt – ja, und auch über die Liebe.

Moses Mendelssohn: «Liebste Fromet, Sie haben vielleicht von dem Engel gehört, der im Himmel ausruft, wer füreinander bestimmt ist?»

Fromet: «Herr Moses, glauben Sie also auch, dass die Ehen im Himmel geschlossen werden?»

Moses Mendelssohn: «Ganz gewiss.»

Fromet: «Dass der Engel, wenn ein Kind geboren wird, ausruft: Der und der bekommt die und die?»

Moses Mendelssohn: «Aber ja doch. Und mir ist dabei noch was Besonderes geschehen. Wie ich nun geboren werde, ruft der Engel auch meine Frau aus. Aber dabei sagt er: Sie wird leider einen Buckel haben, einen schrecklichen!»

Fromet: «Oh, du meine Güte!»

Moses Mendelssohn: «Lieber Engel, habe ich da gesagt, ein Mädchen, das verwachsen ist, wird gar leicht bitter und hart, ein Mädchen soll aber schön sein. Deshalb, lieber Engel, gib mir den Buckel und lass das Mädchen schlank gewachsen und wohlgefällig sein.»

Die Überlieferung will es, dass Fromet darauf Moses Mendelssohn in die Arme gefallen sei. Der über alle Maßen glückliche Philosoph berichtet sofort an seinen Freund Lessing:

> «Liebster Freund! Ich habe die Thorheit begangen, mich in meinem dreyßigsten Jahre zu verlieben. Sie lachen? Immerhin! Wer weiß, was Ihnen noch begegnen kann? Vielleicht ist das dreyßigste Jahr das gefährlichste, und Sie haben dieses ja noch nicht erreicht.»

In der Tat wird es gefährlich. Wieder schreibt er Lessing:

> «Das Frauenzimmer, das ich zu heyrathen Willens bin, hat kein Vermögen, ist weder schön noch gelehrt, und gleichwohl bin ich verliebter Geck so sehr von ihr eingenommen, daß ich glaube, glücklich mit ihr leben zu können.»

Bis dahin sind noch etliche Hindernisse zu überwinden. Der Vater Gugenheim will es förmlich haben – eine Liebesheirat passt nicht in das Konzept der Zeit –, und die Berliner Stadtregierung baut dem «Ausländer» Mendelssohn neue Hürden auf, bevor er in der Stadt eine Familie gründen kann.

Aber im Juni 1762 ist es so weit: Moses Mendelssohn und Fromet Gugenheim heiraten. Es wird eine überaus glückliche Ehe, der sieben Kinder entspringen, eines begabter als das andere. Fromet Gugenheim überlebt ihren kränklichen Mann um 26 Jahre und sieht noch ihren Enkel Felix Mendelssohn-Bartholdy, der drei Jahre alt ist, als sie 1812 stirbt.

Zum Purimfest hatte Moses seiner geliebten Fromet einmal eine Geschichte geschrieben:

«Einst kam zum Socrates dem Weisen ein Schüler und sprach: ‹Mein lieber Socrates! Wer mit dir umgeht, bringt dir was zum Geschenk. Ich habe dir nischt zu schenken als mich selbst, sey so gut und verschmähe mich nicht.›

‹Wie!›, sprach der weise Mann, ‹achtest du dich so gering, daß du mich bittest, dich anzunehmen? – Nun gut! Ich will dir einen Rat geben: Bemühe dich, so gut zu werden, daß deine Person das angenehmste Geschenk werden mag.›

Mein Märchen ist aus. Auch ich, meine liebste Fromet!, will mich bemühen, so gut zu werden, daß Sie sagen sollen, ich könnte Ihnen nichts Besseres schenken als Ihren aufrichtigen Mausche aus Dessau.»

Die Augen der Nacht

(Paul Ahrens)

Paul Ahrens war ein begeisterter Flieger. Lange vor dem Krieg hatte er sich der Segelfliegerei verschrieben und hatte sogar Kurse bei Adolf Galland genommen, der später ein legendärer Fliegergeneral wurde. Wann immer sich eine freie Stunde bot, musste Ahrens hinaus zum Hangar.

Noch war es kaum fünfzig Jahre her, dass sich der uralte Menschheitstraum, fliegen zu können, erfüllt hatte. Noch brauchte man Mut, um sich mit klapprigen Maschinen in den Himmel aufzuschwingen. Es gab weder Navigationssysteme noch Automaten, die einem jungen Flieger, der sich plötzlich von den Wetterverhältnissen überfordert sah, helfen konnten. Erfahrung war alles. Fliegen galt mit Recht als ein tollkühnes Abenteuer.

Als deutlich wurde, dass es Krieg geben würde, merkte auch Ahrens, was für ein hochgefährliches, möglicherweise todbringendes Hobby er sich ausgesucht hatte. Spätestens seitdem die «Legion Condor» in Hitlers Auftrag in den Spanischen Bürgerkrieg eingegriffen hatte, galt die Fliegerei als Waffe der Zukunft. Junge Männer, die fliegen konnten, standen ganz vorne auf der Rekrutierungsliste. Paul Ahrens hatte Glück im Unglück: *Nicht* zu den Jagdfliegern wurde er beordert und *auch nicht* in ein Bombergeschwader. Die dort fliegen wollten oder fliegen mussten, kamen häufig nicht mehr zurück. Das konnte man sich an fünf Fingern abzählen.

Nein, es sollten «nur» die Transportflieger sein, bei denen der junge Mann Dienst tun würde. Ahrens erinnert sich: «Wir Transportflieger hatten keine Lobby im Führerhauptquartier; wir versenkten keine Schiffe, schossen keine Flugzeuge ab und warfen keine Bomben auf Städte, Eisenbahnen und Brücken.» Auf diese fragwürdige Art von Ehre konnte Paul Ahrens jedoch gut verzichten. Ihm war es lieber, wenn er eine reelle Chance hatte, mit halbwegs heiler Haut aus dem Krieg zurückzukehren.

Ahrens sollte sich täuschen. Je dramatischer sich das große Abschlachten entwickelte, je schmutziger, blutiger und grausamer der Krieg wurde, desto härter und gefährlicher wurden auch die Einsätze der Transportflieger. Wo die normalen Nachschubwege der Bodentruppen abgeschnitten waren, mussten die Transportflieger mit ihren gutmütigen, langsamen JU-52-Flugzeugen hin, um Verpflegung und Waffen zu bringen – ein wohlfeiles Ziel für die feindliche Artillerie. Jeder Flug wurde zu einer Art russischem Roulette, bei dem die Piloten sich fragten, wie viele Kugeln gerade geladen waren.

Dieser Flug da – *jeder* Flug – konnte der letzte sein. Ahrens und seine Kameraden wurden in der Tat mehrfach abgeschossen. Einmal sprang der Pilot mit dem Fallschirm aus der brennenden Maschine. Einmal musste Ahrens notlanden und sich hinter der Front durchschlagen. Einmal brachte er eine Maschine, bei der nur noch zwei Motoren funktionierten, heil durch einen Wald von Artilleriegeschossen; am Boden zählte er dann 148 Einschüsse in Rumpf und Leitwerk.

Zum Denken blieb nicht viel Zeit. Es ging immer weiter. Die

wenigen Flieger waren permanent im Einsatz, oft tagelang, ohne Unterbrechung. Wenn den Piloten die Augen zufallen wollten, injizierte man ihnen eine Dosis Pervitin. Nach einem solchen letzten Aufputschen gab es häufig Zusammenbrüche.

Es sollte aber noch schlimmer kommen. Als sich Hitlers Russlandfeldzug zu einem einzigen Debakel entwickelte, als deutsche Truppen immer häufiger von der Roten Armee eingekesselt und gnadenlos aufgerieben wurden, da waren die Transportflieger fast nur noch dazu da, um in halsbrecherischen Manövern Verletzte aus dem Kessel zu fliegen. In Stalingrad wurden die Maschinen bis zur Belastungsgrenze vollgestopft mit verdreckten, vor Kälte bibbernden, vor Schmerzen wimmernden, manchmal halbtoten jungen Soldaten, die nur noch eine Hoffnung hatten: dieses Flugzeug, das sie aus der Hölle brachte.

Wenn Paul Ahrens sich in seinem Pilotensitz umdrehte, sah er immer dasselbe: diese Augen! Ihn starrten verzweifelte Augen an: «Mensch, mach doch! Hol uns hier raus!»

Ahrens tat, was er konnte. Jeder Start in den feindlichen Himmel war ein Spiel mit dem Tod. Es gab keinen Flug, der nicht begleitet war von links und rechts vorbeisirrenden Geschossen. Und immer wieder schlug eines von ihnen in die Metallhaut der unverwüstlichen JU 52 ein.

«Man musste sie lieben», sagt Paul Ahrens, «man konnte sie streicheln wie ein braves Pferd, dieses gute Flugzeug, die alte Tante JU.»

Irgendwie ging es halbwegs gut. Am Ende des Krieges hatte der junge Flieger fünf-, sechstausend verletzte Soldaten hinter die Front geflogen. Musste ihn das nicht für immer versöhnen mit dem Gedanken, für das Vaterland verheizt worden zu sein?

Es hätte ihn wirklich glücklich machen können, wäre da nicht das andere gewesen: die Erinnerung, die Träume, die ihn verfolgten, die ihn Nacht für Nacht schweißgebadet aufwachen ließen.

«Bis 1967 bildeten die blutenden, stinkenden, zerrissenen, schreienden, stöhnenden Verwundeten in meiner JU in meinen Träumen nur eine graubraune Masse mit vierzig so weiten, hilfesuchenden, gläubigen und hoffenden, übergroßen Augen.»

Beruflich und privat ging es ihm gut: Als Architekt und Ingenieur hatte er beruflichen Erfolg. Er war glücklich verheiratet, hatte zwei Söhne. Nur die Nerven spielten nicht mit. Die Vergangenheit holte ihn immer wieder ein.

Ahrens hatte Angst davor, schlafen zu gehen – bis zu diesem Sommertag im Jahr 1967.

Es war der 8. Juli 1967, an dem sich Paul Ahrens und seine Frau an jenen Julitag im Jahr 1942 erinnern wollten, an dem sie sich 25 Jahre zuvor mitten im Krieg das Jawort gegeben hatten. Da sie gläubige Menschen waren, begingen sie ihre Silberhochzeit mit einem Gottesdienst am Morgen. Dazu hatte das Ehepaar sich eine romantische Waldkapelle im Sauerland ausgesucht. Ein Priester aus dem benachbarten Dorf war gerne bereit, die Messe zu feiern. Die beiden schon erwachsenen Söhne ministrierten – und ein Tag begann, der für Paul Ahrens eine Überraschung der besonderen Art in sich bergen sollte.

Nach dem Gottesdienst begab sich die kleine Festgesellschaft, zu der man auch den Priester eingeladen hatte, in ein Waldhotel, wo man ein festliches Frühstück einnahm. Kaum hatten die Gäste Platz genommen, fühlte sich Ahrens von dem Priester mit merkwürdiger Intensität fixiert.

«Warum schauen Sie mich so an?»

«Sie kenne ich! Und zwar ganz genau», meinte der Pfarrer, «wenn ich bloß wüsste, woher!»

Das musste doch nicht schwer herauszufinden sein! Gemeinsam gingen die beiden Männer die Stationen ihres Lebens durch: Schule, Studium, die verschiedenen Wohnorte. Nein, es ergab sich keine Übereinstimmung! Aber im Krieg – man konnte sich doch im Krieg begegnet sein, irgendwo in den Weiten Russlands vielleicht! Plötzlich fiel das Wort «Stalingrad».

Als Ahrens den Schreckensort nannte, durchfuhr es den Priester. Er sprang auf, zeigte auf sein Gegenüber und rief: «Ja, das ist es! Sie sind es! Sie haben mich schwerverwundet am 13.12.1942 um 10.20 Uhr aus Stalingrad herausgeholt! Ich habe nur noch gebetet, dass Sie mich da herausbringen. Damals habe ich ein Gelübde abgelegt, dass ich Priester werden und Gott dienen wollte, wenn ich heimkäme und gesund würde.»

Das Erste, was Ahrens tat, als er am Abend dieses Tages nach Hause kam: Er schaute in seinem Flugbuch nach, das er über all die Jahre hinweg gehütet hatte wie einen Schatz. Alle Angaben stimmten: der Tag, der Ort, die Uhrzeit. Der Priester konnte nicht ahnen, was seine Äußerung bei Paul Ahrens bewirkte:

«Seit dem 8. Juli 1967 hat die graubraune Masse der Schwerverwundeten mit den stechenden Augen ein liebes, menschliches Antlitz. Der Alptraum ist vorbei.»

Weidenflötenlegende (Wilhelm Busch)

Der Hütejunge, der zufällig so hieß wie der berühmte Dichter und Zeichner – nämlich Wilhelm Busch –, hatte viel Zeit zum Träumen und Nachdenken. Als Kind von westfälischen Bauern musste er tagaus, tagein das Vieh des Dorfes hüten. Aus lauter Langeweile schnitzte der Junge Stecken, bis ihm einmal jemand zeigte, wie man aus dem Holz der Uferweiden kleine Flöten baut. Von diesem Tag an schnitzte Wilhelm Busch Weidenflöten. Er probierte so lange herum, bis ihr Klang sich verfeinerte und die Tonabstände wirklich stimmten.

Aber er *schnitzte* nicht nur Flöten, sondern *spielte* auch mit immer größerer Kunstfertigkeit darauf. Vorbeifahrende Bauern lachten über den eigenartigen Jungen, der es mit der Kunst hatte. Und wirklich: Die Musik, die so fröhlich seinem Instrument entströmte und über das Wiesenland hallte, betörte ihn auf eine magische Weise und verzauberte sein tristes, einsames Leben. Bald ging die Fantasie mit Wilhelm Busch durch: Könnte es nicht noch ein ganz anderes Leben für ihn geben als dieses hier im Dorf? Wenn er in der Stadt wäre – könnte er dann nicht Musik lernen, sie *so richtig lernen,* bei einem Lehrer?

So kam es, dass aus dem Traum eines westfälischen Hütebuben eines Tages Wirklichkeit wurde: Eines Morgens fanden seine Eltern das Bett des Jungen leer. Wilhelm Busch war durchgebrannt. Barfuß, mit nichts als ein paar Lebensmitteln im Säckel, schlug sich der Halbwüchsige nach Hamburg durch. Es ist nicht überliefert, wie er dort überlebte. Aber es muss ihm gelungen sein. Denn die Familiensaga der Buschs erzählt, dass der Vater eines Tages mit einer Geige unter dem Arm von Hamburg aus aufbrach, um sein Glück im Rheinland zu suchen.

Wie er an die Geige kam und wer ihm die Grundbegriffe des Instruments vermittelte, wird wohl für immer unbekannt bleiben. Auch im Rheinland bestimmte ein einziger Traum das Leben des jungen Mannes: Musik machen, Musik lernen.

Bald traf er eine zwanzig Jahre ältere Frau – und heiratete sie prompt. Sie hatte ihm nämlich versprochen, ihm eine musikalische Ausbildung am Konservatorium in Lüttich zu ermöglichen. Das kuriose Paar kam nur bis zum Grenzstädtchen Venlo. Dort betrieben die beiden ein Gasthaus, wo der verhinderte Musiker sich weniger um den Bierausschank als ums Geigenüben kümmerte.

Der Zufall spülte ihm einen verkrachten und heimatflüchtigen Kapellmeister ins Gasthaus. Busch «verhaftete» ihn sofort – zum Musizieren. Bald gaben die beiden Mozart- und Beethoven-Sonaten zum Besten. Das stieß auf wenig Widerhall. Der Kapellmeister flüchtete weiter, die Gaststätte ging pleite, die Frau starb und Vater Busch machte sich als 23-jähriger Witwer wieder auf Wanderschaft – mit der Geige unter dem Arm.

Das unstete Leben fand erst ein Ende, als Busch «Fräulein Schmidt» kennen lernte, die spätere Mutter seiner Kinder. Bald wurde Hochzeit gefeiert, und eine Weile sah es so aus, als würde er im Schreinerhandwerk eine bürgerliche Existenz finden. Weit gefehlt! Vater Busch hatte Musik im Sinn und nur das. Seine arme Frau zwang er, Klavierstunden zu nehmen, damit sie ihn begleiten konnte, wenn er als Tanzgeiger auftrat. Mutter Busch brachte es tatsächlich zu einigen Fähigkeiten und zog mit ihrem Mann fortan Sonntag für Sonntag durch die rauchigen Wirtshäuser, bis es die Umstände – sprich: die acht Kinder aus dieser Ehe – nicht mehr zuließen.

Da hatte Vater Busch aber längst Ersatz gefunden in Gestalt seiner genialisch begabten Söhne Fritz und Adolf, die beide das absolute Gehör hatten. Fritz Busch sollte einer der großen Dirigenten des 20. Jahrhunderts werden, sein Bruder Adolf ein weltbekannter Violinist.

Vater Wilhelm Busch hatte die außerordentliche Begabung seiner Söhne beim Spaziergang mit den Kindern entdeckt. Ein Vogelruf – und Fritz und Adolf riefen unisono: «Fis!» Anstelle der Mutter mussten nun die Kinder bis in den frühen Montagmorgen zum Tanz aufspielen.

Inzwischen hatte der Vater eine kleine Musikalienhandlung eröffnet, die sich «keines blühenden Geschäftsganges» (Fritz Busch) erfreute, den Kindern aber die Chance bot, sich auf allen möglichen Instrumenten zu erproben. Außerdem war es ein Rahmen, innerhalb dessen sich Vater Busch einer neuen Wendung seines musikalischen Lebenstraumes zuwenden konnte. Eines Tages hatte er sich nämlich in den Kopf gesetzt, er sei zum Geigenbauer berufen. Der lange Weg von den Weidenflöten über Hamburg und die rheinischen Abenteuer – all das sei nur dazu bestimmt gewesen, dass er jetzt *Geigen baue!* Und zwar nicht irgendwelche!

Niemand weiß, wo Wilhelm Busch sich die Fähigkeiten dazu angeeignet hatte. Er ging bei keinem Geigenbauer in die Lehre, ja er sprach zeit seines Lebens nicht einmal mit einem wirklichen Fachmann. Tatsache ist aber: Wilhelm Busch *baute* Geigen – zunächst schlechte, dann immer bessere Instrumente – und experimentierte Tag und Nacht.

Er war versessen darauf, sich zu perfektionieren und das Geheimnis des unerreichten Klanges der Stradivari-Violinen zu entdecken. Manchmal weckte er mitten in der Nacht seine beiden Kinder mit den «großen Ohren», damit sie das Klangverhältnis zwischen Boden und Decke einer gerade in Arbeit befindlichen Geige überprüften. Irgendwo hatte Vater Busch aufgeschnappt, das müsse in einer reinen Quinte – was immer das sein mochte – bestehen.

An jede Violine, die der alte Busch vollendete, knüpfte er die Hoffnung, das möge nun doch das geniale Instrument sein, das man «für mindestens 5000 Mark» verkaufen könne. Was Vater Busch aber typischerweise von einer Verkaufsreise mitbrachte, war «ein Kanarienvogel, ein Spazierstock mit einer Krücke, von der er behauptete, sie sei aus Elfenbein, etwa zehn Mark und ein leichter Schwips» – so erinnerte sich später sein Sohn Fritz Busch in seinen Lebenserinnerungen.

Papa Busch hat das Geheimnis der Stradivari-Geigen leider nicht entdeckt. Dafür wurde sein Sohn Adolf zu einem legendären Violin-Virtuosen, der die Welt bereiste und überall sein Publikum zu Beifallsstürmen hinriss. Yehudi Menuhin sucht ihn als Meister auf, als er – Menuhin – schon alles konnte.

Die Geige, die Adolf Buschs internationalen Aufstieg begleitete, war ein Instrument seines Vaters. Adolf Busch legte sie erst dann in Ehren beiseite, als er in den Besitz eines der wirklich besten Instrumente der Welt kam. Es war – eine Stradivari.

Unter dem Guavenbaum
(Mutter Teresa)

Eines Tages im August 1948 öffneten sich die Pforten einer von Loreto-Schwestern geleiteten Schule in Kalkutta, um sich für immer hinter einer kleinen jungen Frau zu schließen. Sie war in einen weißen Sari mit blauen Streifen an den Rändern gehüllt – und musste sich erst an ihre neue «Uniform» gewöhnen. So wie die junge Europäerin kleideten sich nämlich die Abfallsammlerinnen von Kalkutta, die Tag für Tag von Haus zu Haus zogen, um die Fäkalien aus den Wohnungen zu holen und zu entsorgen. An der Stelle, an der die Abfallsammlerinnen den Schlüssel zu ihrer Wohnung in den Sari eingeknotet hatten, trug die Frau ein unauffälliges Kreuz. Die Frau war wenige Wochen zuvor noch Rektorin der Schule gewesen; ihre Schülerinnen nannten sie «Mother» – «Mother Teresa».

Kalkutta 1948 – das war eine heiße, stinkende Millionenstadt, ein tobender Hexenkessel, voll von sozialen Unruhen und schreiendem Elend, aber auch eine Stadt, die schon damals durchsetzt war mit Lichtern der Humanität. Immer wieder gingen sozial engagierte Menschen in diesen Moloch, weil sie dem Elend nicht tatenlos zuschauen mochten: Sozialarbeiter, Streetworker, Ärzte, christliche Ordensleute, Priester und Nonnen.

Auch die Schwestern von Loreto, eine ursprünglich italienische Ordensgemeinschaft, hatten es gewagt, mitten in der

Hölle eine Schule zu eröffnen. Die Oberin hielt dies für Wagnis und Abenteuer genug, um ziemlich verstört zu reagieren, als ihre beste Kraft, eine energiegeladene junge Albanerin, eines Tages mit einer spleenigen Idee auf sie zukam. «Mother» Teresa glaubte eine Berufung in der Berufung erhalten zu haben. Sie wolle raus hier, *müsse* hier raus – Jesus, der Herr, habe sie dazu beauftragt.

«Wie bitte – wo?»

«Auf einer Bahnfahrt nach Darjeeling, am 10.9.1946, als ich zu den Exerzitien fuhr.»

«Und dann kam eine Stimme?»

«Nein, ich las in der Bibel – diese Stelle da, wo es heißt: ‹Herr, wann haben wir dich hungrig gesehen?› … Ich spürte, wie sich die heiligen Worte bis in die innersten Nischen meines Herzens bohrten.»

«Und dann hatten Sie den Eindruck, Sie sollten …?»

«Ja, ich dachte an die Ärmsten der Armen und fragte mich: Kannst du denn gar nichts für sie tun? In jedem dieser erbarmungswürdigen Menschen musst du deinen geliebten Jesus sehen. Du musst diesen Jesus lieben, diesem Jesus dienen und dich um diesen Jesus kümmern! Vergiss nie, er selbst hat gesagt: Was ihr für einen der Geringsten meiner Brüder getan habt, das habt ihr für mich getan!»

Was diese Erkenntnis für Mutter Teresa bedeutete, bekam Jahrzehnte später ein Journalist zu spüren, der zu Gast war im Sterbehaus der Teresa-Schwestern. Mutter Teresa machte kein Aufhebens von seiner Anwesenheit. Sie tat, was sie jeden Tag tat. Der Journalist durfte einfach mitkommen. Da lag ein Aussätziger. Mutter Teresa sah, was er brauchte: Seine Verbände mussten erneuert werden. Der Anblick überforderte den zartbesaiteten Medienmann: schwarzfaule Stümpfe. Eiter. Er konnte nicht hinsehen.

«Was Sie da tun – das würde ich nicht für eine Million Dollar tun!», meinte er anerkennend.

«Ich auch nicht», konterte Mutter Teresa knochentrocken.

Auf jener Zugfahrt nach Darjeeling im September 1946 hatte sie die Erkenntnis überfallen, dass «Jesus» für sie keine rhetorische Figur der Klosterfrömmigkeit bleiben durfte, sondern eine Herausforderung, die ihr in den Ärmsten begegnete. Den Aussätzigen, Slumhüttenbewohnern, Sterbenden in der Gosse, Müllkindern – Menschen also, denen um alles Geld in der Welt niemand Liebe erweist –, musste sie eine nicht mehr steigerungsfähige Form von Liebe entgegenbringen: eine solche Liebe, wie Jesus sie verdient. Das war ihr Programm.

Mutter Teresa setzte alle Hebel in Bewegung, ließ nicht locker bei ihrer Oberin, schaltete den Erzbischof und schließlich sogar den Papst ein. Und nach über zwei Jahren, nämlich im Dezember 1948, fand sie sich dann tatsächlich mit kirchlichem Segen, aber mutterseelenallein, gekleidet in das Gewand einer Fäkaliensammlerin, unter einem Guavenbaum im Viertel Motjihil wieder.

«Motjihil» heißt übersetzt «See der Perlen». Aber der Perlensee, um den sich die schlimmsten Slumhütten der Millionenstadt gruppierten und in dem nackte, durch Hunger und Krankheit entstellte Kinder spielten, war eine einzige giftig stinkende Suhle. Mutter Teresa hatte sich zwar einige Monate in Medizin ausbilden lassen; aber sie hatte nicht Sozialarbeit studiert, besaß kein Budget, kein Backoffice und keinen Masterplan. Sie hatte nichts als den Auftrag Jesu und ihr mitfühlendes Herz. Sie wollte sehen und sich führen lassen.

So war es am Anfang – und so blieb es, als aus der Szene unter dem Guavenbaum längst ein kleines Imperium der Liebe geworden war. Besucher in Kalkutta staunten immer wieder über die scheinbare Naivität, mit der es in Kalkutta trotz allem «funktionierte».

Der deutsche Journalist Alexander Smoltczyk brachte es Mitte der 1990er-Jahre auf den Punkt:

> «Es ist unmöglich. Eine multinationale Organisation, deren Spendenaufkommen auf 50 Millionen Dollar geschätzt wird, kann so nicht verwaltet werden. Nicht mit einem einzigen Telefon, dem in Mothers Zelle. Nicht mit sechs mechanischen Schreibmaschinen. Nicht ohne Finanzplanung, Rücklagen und Haushaltsrahmen. Nicht in jeder Entscheidung abhängig von einer 85-jährigen Greisin, in deren Gedächtnis kein Tag mehr hängenbleibt. Es kann nicht funktionieren. Nicht so. Es funktioniert. Seit 45 Jahren.»

«Gott wird sorgen. Believe me!» – keinen Satz hat sie öfters wiederholt als diesen, später, als sie von den Medien entdeckt und wie ein Wundertier bestaunt, als «Sensation» gehandelt, vor die Mikrofone und Kameras der Welt geschleppt wurde.

«Ich mache das nicht! Believe me! Gott wird sorgen!» Wer das je für karitative Rhetorik hielt oder für pastorales Understatement, verstand nichts von ihr, hatte nicht genau hingesehen, ihre Beweise nicht geprüft. Mit entwaffnender Offenheit konnte sie gestehen:

«Ich denke nie über Geld nach. Es kommt stets. Der Herr schickt es uns. Wir tun sein Werk, er sorgt für die Mittel. Wenn er sie uns nicht gibt, dann bedeutet das, dass er das Werk nicht wünscht. Wozu sich da aufregen?»

Es schwingt fast ein wenig Arroganz gegenüber Gott in solchen Worten mit: Wenn wir schon den Job machen, dann soll er wenigstens für die Mittel sorgen!

Mutter Teresa hatte eine an Simplizität nicht zu übertreffende Theologie:

1. Sie glaubte das Wort Jesu «Bittet, so wird euch gegeben» (Matthäus 7,7) buchstäblich. Wenn es hätte sein müssen, hätte sie sich ohne einen Schluck Wasser mitten in der Wüste absetzen lassen.
2. Sie verstand sich als Werkzeug Gottes: «Ich bin nur ein kleiner Bleistift in der Hand unsres Herrn. Der Herr mag den Bleistift schneiden oder schärfen. Er mag schreiben oder zeichnen, was immer er will und wo immer er will.»
3. Sie war überzeugt, dass man nur dann todsicher in der Sorge Gottes steht, wenn man todsicher sein kann, Gottes Sache zu betreiben. Also: Hungrige nähren, Nackte bekleiden, Traurige trösten, Kranke besuchen. Das ist immer Gottes Wille. Und wer danach handelt, kann losmarschieren, auch wenn er nicht einen Pfennig Geld in der Tasche hat, wenn sich Berge schier unüberwindbarer Probleme auftun. «Gott wird sorgen. *Believe me!*»

Doch kehren wir noch für einen Moment unter den Guavenbaum und in das Kalkutta vom Dezember 1948 zurück, um das *Ma-*

nagement by God, dem sich Teresa verschrieben hatte, besser zu verstehen. Alles begann damit, dass sie eine Handvoll verdreckter, halbverhungerter und verlassener Kinder zu sich heranwinkte. Was brauchten diese Kinder? Alles. Teresa hatte nichts als das, was sie an ihrem Leib trug. Sie war genauso arm wie ihre Umgebung. Wenn sich niemand fand, der etwas mit ihr teilte, hatte sie auch nichts zu essen. Aber sie hatte diesen Gott, der ihr zuflüsterte: Denk nicht nach. Sichere dich nicht ab. Gib einfach! – Aber ich habe doch nichts! – Egal, gib! Und Teresa gab.

Sie begann mit dem Nächstliegenden. Sie lächelte die Kinder an, beschäftigte sich mit ihnen, schenkte ihnen Vertrauen. Die Kinder blieben – und da sie weder Tafel noch Kreide hatte, begann sie einzelne Buchstaben des bengalischen Alphabets mit einem Stöckchen in den Staub zu ritzen, um so die Kinder mit Lesen und Schreiben vertraut zu machen. Am Abend hatte sie einen Platz zum Schlafen und eine Handvoll Reis, den eine arme Familie mit ihr teilte.

Und so ging es Tag für Tag. Bald gab ihr jemand einen Raum. Jemand schenkte ihnen eine Tafel. Jemand brachte Kreide. Bald kamen andere Kinder, bald kamen die Eltern. Dann kamen die Kranken, kamen Sterbende. Menschen, die man nicht fortschicken, Nöte, die man nicht abweisen konnte.

Essen wurde gebraucht, Decken, Medikamente, Hände, die anpackten. «Lass nie zu, dass jemand zu dir kommt, der nicht glücklicher von dir geht, als er zu dir gekommen ist», hatte sich Teresa vorgenommen. Aber wie? Immer wieder einmal war es eigentlich nicht leistbar, einfach *nicht machbar,* schlicht menschenunmöglich. Und immer ging es. «Gott wird sorgen. *Believe me!*»

Die Geschichte von Mutter Teresa und ihren Schwestern liest sich wie eine nicht enden wollende Kette von unglaublichen «Zufällen», merkwürdigen Fügungen und kleinen Wundern. Es war, als hätte der Himmel auf erfinderische Weise seine Finger im Spiel, dass dies und jenes genau an diesem Ort und zu dieser Stunde geschah, oder als führte der «liebe Gott» selbst die Regie in diesem Stück in der irdischen Hölle.

Die Chronik der Gemeinschaft hält Dutzende von Geschichten der gleichen Art fest. Häufig waren es beispielsweise die Lebensmittel, die ausgingen. Zeitweise kochten die Schwestern in Kalkutta täglich für siebentausend Menschen, die sonst keine andere Chance hatten, an etwas Essbares heranzukommen. Die Schwestern lebten buchstäblich von der Hand in den Mund. Jeder neue Tag begann mit der Frage: Werden wir heute genug Lebensmittel organisieren können? Wird uns jemand helfen?

Und dann kam dieser Tag, an dem alles schiefging. Die «Quellen» gaben nichts her. Die Essensvorräte für diesen und den nächsten Tag waren restlos aufgebraucht. Von diesem Tag erzählte Mutter Teresa später:

«Ich war sprachlos und konnte dazu nichts sagen, doch um neun Uhr schloss die Regierung aus irgendeinem Grund alle Schulen, und alles Brot, das die Kinder hätten bekommen sollen, wurde uns geschickt, und unsere siebentausend Menschen aßen Brot, Brot für zwei Tage ... Niemand in der Stadt wusste, warum die Schulen geschlossen worden waren, aber ich wusste es. Ich wusste, dass Gott mitfühlend und zuvorkommend ist ...»

Ein anderes Mal waren auch die Lebensmittelvorräte in der kleinen Gemeinschaft komplett aufgebraucht. Geld, um schnell noch Essen einzukaufen, war nicht vorhanden. Für Mutter Teresa bedeutete das: hungern. Die Armen ihres Viertels konnten auch nichts herbeizaubern, wenn nichts da war! Plötzlich klopfte es an der Tür. Eine Frau stand da. Sie hielt ein paar Tüten Reis in Händen, die sie den Schwestern zum Geschenk machte. Die Frau zuckte mit den Schultern – ein unerklärlicher innerer Impuls habe sie hierhergeführt. Die Menge an Reis reichte genau für das Abendessen. «Gott wird sorgen. *Believe me!*»

Essen, Arzneimittel, Geld, Häuser, Beziehungen – es kam wie bestellt.

«Eines Tages», erzählte Mutter Teresa ihrer Biografin Kathryn Spink, «kam in Kalkutta ein Mann mit einem Arzneirezept zu uns. Er sagte: ‹Mein einziges Kind liegt im Sterben. Die Medizin, die es braucht, gibt es in Indien nicht, man muss sie aus dem Ausland einführen.› Genau in diesem Augenblick – wir sprachen noch miteinander – kam ein Mann mit einem Korb voller Medikamente. Obenauf lag das gesuchte Medikament. Hätte es darunter gelegen, hätte ich es nicht gesehen. Wäre er vorher gekommen oder nachher, hätte ich es nicht sehen können. Aber genau zu dieser Zeit hat Gott sich in seiner zärtlichen Liebe unter Millionen und Abermillionen von Kindern so sehr um dieses kleine Kind in den Slums von Kalkutta gekümmert, dass er im richtigen Moment die Medizin schickte, um es zu retten. Ich preise die Zärtlichkeit und Liebe Gottes, denn jedes Kind, ob aus einer armen oder reichen Familie, ist ein Kind Gottes, geschaffen vom Schöpfer aller Dinge.» – «Gott wird sorgen. *Believe me!*»

Bei anderer Gelegenheit berichtete Mutter Teresa: «Wir suchten ein Haus in London, um unser erstes europäisches Noviziat eröffnen zu können. Es gab viele Schwierigkeiten. Nach zahlreichen Versuchen meldete sich eine englische Dame: ‹Ich habe tatsächlich ein Haus zu verkaufen, aber es kostet 6500 Pfund in bar. Ich glaube an nichts, aber ich glaube an Ihr Werk.› Tagelang liefen die Schwestern durch die Stadt, machten Besuche, führten Gespräche, sprachen durch den Rundfunk. Als sie eines Nachts die Summe zählten, die sie bekommen hatten, waren es genau 6500 Pfund. Am nächsten Morgen wurde das Haus gekauft.»

Aus der ersten Zeit der neuen Gemeinschaft wird von einer Schwester aus Agra berichtet, die verzweifelt anrief und Mutter Teresa bedrängte, ihr 50.000 Rupien für ein Kinderheim zur Verfügung zu stellen, das in seinem Bestand gefährdet sei. Mutter Teresa überlegte hin und her. Schließlich musste sie jedoch ihre junge Mitschwester enttäuschen; sie hatte das Geld einfach nicht.

Noch am selben Tag erhielt das kleine Büro in Kalkutta mit den Klapperschreibmaschinen einen weiteren Anruf: Ob man hier wohl richtig sei, bei der weltbekannten Mutter Teresa? – Ja. – Ob man sie ausnahmsweise einmal kurz selber sprechen könne? Man rufe aus den Philippinen an, und es sei wichtig. – Kein Problem. – Wenige Minuten später war «Mother» höchstpersönlich an der Leitung. Am anderen Ende war eine Dienststelle der philippinischen Regierung, der man den Auftrag erteilt hatte, einen Kontakt herzustellen: «Wir dürfen Ihnen eine freudige Mitteilung machen: Unser Land hat Ihnen, Mutter Teresa, den Magsaysay-Preis für internationale Verständigung verliehen. Dieser Preis ist auch mit einem Preisgeld versehen …»

«In welcher Höhe?»

«Oh, nach indischer Währung wären das ungefähr 50.000 Rupien!»

Mutter Teresa legte den Hörer auf und kommentierte den Vorgang in ihrer trockenen Art: «Anscheinend will Gott ein Kinderheim in Agra.» Dann wählte sie die Nummer ihrer Gemeinschaft dort: «Hier noch einmal Mother Teresa …»

Mutter Teresa nahm die Dinge entgegen mit Dank an die Menschen, mit einem Blick nach oben, aber irgendwie auch, als wäre es das Selbstverständlichste in der Welt, dass Gott sorgt.

Einmal aber wurde selbst sie überrascht. Gerne erzählte sie diese Geschichte: «Ein Bettler kam auf mich zu und sagte: ‹Mutter Teresa, alle geben Ihnen etwas, ich möchte Ihnen auch etwas geben. Heute habe ich für den ganzen Tag nur 29 Paise, und die will ich Ihnen geben.› Ich dachte einen Augenblick: Wenn ich das Geld nehme – 29 Paise sind nichts wert –, hat er heute Abend nichts zu essen, und wenn ich es nicht nehme, wird ihn das kränken. Also streckte ich die Hände aus und nahm das Geld. Ich habe niemals so viel Freude gesehen wie in dem Gesicht dieses Bettlers …»

5 Der Erfinder, der das Erfinden erfand (Genrich Saulowitsch Altschuller)

Es war auf dem 17. Parteitag der KPdSU im Jahr 1934, als die stolzen Delegierten eines Rüstungsbetriebs Väterchen Stalin ein Scharfschützengewehr zum Geschenk überreichten – etwas ganz Besonderes, ein kleines Wunderwerk der Technik. Der Beweis für die Modernität und Innovationskraft der glorreichen Sowjetrepubliken gefiel dem allmächtigen Parteichef; eine Filmkamera hielt die Szene fest. Stalin lächelte erfreut, begutachtete das Gewehr und nahm damit scherzhaft die Funktionäre im Saal ins Visier.

Es blieb nicht bei dem makabren Gag: In den folgenden Jahren wurden etwa neunzig Prozent der im Saal anwesenden Delegierten ermordet. Während das Volk auch nach den Schauprozessen der 1930er-Jahre und verstärkt nach dem siegreich beendeten Großen Vaterländischen Krieg weiter an den Mythos Stalin glaubte, zitterte seine allernächste Umgebung vor Angst, einer von ihnen könnte der Nächste sein, der verhaftet, abgeurteilt und erschossen wird.

1948 wagte es ein 22-jähriger junger Mann aus dem fernen Taschkent, dem hochverehrten Lenker aller Sowjetvölker, Josef Wissarionowitsch Stalin höchstpersönlich, zu schreiben. Stalin, dachte sich dieser junge Mann namens *Genrich Saulowitsch Altschuller*, musste erfahren, was für ein Chaos im russischen Wissenschaftsbetrieb herrschte. Einer musste doch dem großen Sowjetführer die Augen dafür öffnen, mit wie viel Ignoranz und Dummheit begeisterte Wissenschaftler und Erfinder zu kämpfen hatten, wenn sie zum Wohl des Sowjetvolkes, zur Ehre der Arbeiterklasse, zum Aufbau des Sozialismus forschten.

Der glühende junge Kommunist Altschuller war der richtige Mann für dieses Vorhaben. Im Alter von vierzehn Jahren hatte er seine erste Erfindung gemacht, ein Unterwasseratemgerät; er selbst setzte sie mit bescheidensten Mitteln anwendungstauglich um und erprobte sie im Selbstversuch. Der von Altschuller entwickelte Prototyp funktionierte; mit Hilfe von Wasserstoffperoxid konnte man damit unter Wasser Sauerstoff erzeugen. Es sollte nicht seine letzte Erfindung bleiben.

1946 wurde die Rote Armee auf das junge Technikgenie aufmerksam. Bereits als 20-Jähriger wurde er in der Ölstadt Baku am Kaspischen Meer in den Rang eines Leutnants erhoben und als Patentoffizier eingesetzt. Ein wunderbares Aufgabenfeld erwartete ihn: Altschuller hatte eingehende Patentanträge zu prüfen, Untaugliches zu verwerfen, aber auch verheißungsvollen Ideen zum letzten Schliff und zum Durchbruch zu verhelfen. Das spornte ihn zu neuen eigenen Erfindungen an, für die er zahlreiche Patente anmelden konnte. Sogar einen ersten Preis gewann Altschuller, als er das Modell eines Überlebensanzugs für die Evakuierung bei Staubexplosionen in Bergwerken vorlegte.

Aber Altschuller prüfte nicht nur Erfindungen anderer und erfand selbst. Der junge Mann war – kurz gesagt – an einer *Theorie des Erfindens* interessiert. Zwölf Millionen Patente gibt es auf der Welt; würde man in jeder Patentschrift nur fünf Minuten lesen, bräuchte man 110 Jahre.

Die Erfindung aller Erfindungen, dachte sich Altschuller, würde es sein, wenn man herausfinden könnte, *wie man erfindet.* Erfindungen sind nichts als Problemlösungen. Problemlösungen laufen nach bestimmten, immer gleichen Mustern ab, die man berechnen und standardisieren kann. Eine Erkenntnistheorie des Erfindens musste also her! – und eine Mathematik des Erfindens, die funktionierte wie eine Gleichung mit verschiedenen Variablen!

Der junge Patentoffizier der Roten Armee nannte sein «systematisches Verfahren auf Basis einer Theorie des erfinderischen Problemlösens» TRIZ (sprich: *tries*). Stalin selbst musste TRIZ einfach kennen lernen, davon war Altschuller überzeugt. Er würde ihm TRIZ als eine Art Morgengabe vor die Füße legen. Stalin würde es erkennen mit seinem unfehlbaren Blick. Stalin würde von TRIZ so begeistert sein wie von dem Scharfschützengewehr auf dem 17. Parteitag! TRIZ würde zu einem Quantensprung in der Wissenschaftsentwicklung seines Landes führen. Die Sowjetunion konnte es sich nicht länger leisten, Erfindungen durch *trial and error* zu machen, sie also dem puren Zufall zu überlassen.

Ob Josef Stalin jemals den Brief des jungen Mannes aus Taschkent las, ist nicht bekannt. Es ist aber anzunehmen. Denn Altschuller erhielt eine indirekte Antwort: Von dem Tag an wurde er vom KGB bespitzelt. Und eines Nachts kamen sie, die unauffälligen grauen Herren, die ihn baten mitzukommen. Altschuller verschwand im Gulag.

Man kann nur raten, was Stalin an dem jungen Forscher nicht gefiel. War es, dass er einer dieser verhassten Juden war? War es, dass er die Unfehlbarkeit der Partei in Frage gestellt hatte? War es die Unabhängigkeit und Wildheit seines Denkens? Der junge Wissenschaftler wurde jedenfalls «wegen Sabotage» – andere Quellen sagen: «wegen verbrecherischen erfinderischen Tuns» – zu 25 Jahren Arbeitslager in Sibirien verurteilt.

In Wirklichkeit wurden es dann doch «nur» fünf Jahre, denn Stalin starb 1953, und sein Nachfolger Chruschtschow räumte mit dem Mythos von Väterchen Stalin gründlich auf. Das russische Volk erfuhr, dass es jahrzehntelang von einem Jahrhundertverbrecher regiert worden war. Die Menschen, die aus den geöffneten Toren der Arbeitslager strömten, erzählten ihre Variante der Geschichte.

Als linientreuer Kommunist war Genrich Saulowitsch Altschuller danach nicht mehr zu gebrauchen.

Doch der Lageraufenthalt in Sibirien, der den jungen Forscher vernichten sollte, geriet zu einem Glücksfall der Forschungsgeschichte. Statt Verbrechern fand Altschuller in den Arbeitslagern die besten Köpfe seines Landes, lauter Intellektuelle, die von der totalitären Maschine aus dem Verkehr gezogen worden waren, als hätte eine höhere Regie sie in die Nähe des jungen Genies beordert, um ihm ein kostenloses Studium generale aller Wissenschaften zu verschaffen. Altschuller hatte alle Zeit der Welt, um seine Theorie im ständigen interdisziplinären Gespräch mit anderen Wissenschaftlern zu einem nahezu perfekten Theoriegebäude zu vervollkommnen. Seine Grundaxiome stehen noch heute – und es scheint, als hätten sie ihre große Zeit noch vor sich.

In den Jahren nach 1954 ging ein Aufatmen durch das ganze Land. Auch Altschuller erfreute sich einer gewissen Freiheit. Es schien, als würde ihn das Schicksal endlich für die geraubten

Jahre und die verweigerte Anerkennung bezahlen. In unglaublich enger Folge erschienen Bücher und Artikel.

Befreit vom Stalinismus suchten die Menschen nach neuen Köpfen und neuen, Zukunft schaffenden Ideen. Altschuller wurde «Kult»; man saugte seine Ideen förmlich auf. In der UdSSR bildeten sich sogar richtige TRIZ-Schulen, die mit Altschullers 39 technischen Parametern und seinen 40 Prinzipien zur Lösung technischer Widersprüche (= Erfindungsprobleme) arbeiteten. Darunter befinden sich so originelle wie *Prinzip 7, «Das Prinzip der Steckpuppe* («Matrjoschka»), oder *Prinzip 11, «Das Prinzip des vorher unterlegten Kissens»*.

Seine Methode war die Quintessenz aus der Untersuchung von mehr als 200.000 Patenten. Es war nur noch eine Frage der Zeit, bis diese Theorie aus dem Osten, mit deren Hilfe Innovationen am Fließband generiert werden sollten, auch auf das westliche Ausland überspringen würde, wo noch niemand etwas von einem Genrich Saulowitsch Altschuller wusste.

Doch da geschah es. Wieder schlug die Politik zu. Die Ära nach Chruschtschow brachte eine neue Eiszeit und einen Rückfall in stalinistische Methoden. 1974 wurde auch TRIZ verboten; das Wort durfte nicht mehr erwähnt werden. Altschuller fiel erneut in Ungnade.

Niemand weiß, ob dies die Stunde war, in der Altschuller TRIZ auf sich selbst anwandte. Aus dem mundtot gemachten Wissenschaftler und Philosophen Genrich Altschuller wurde quasi über Nacht der Science-Fiction-Autor Genrich Altow. Noch heute findet, wer in Antiquariaten mit DDR-Altbeständen stöbert, die Bestseller des nicht unterzukriegenden Russen, die er vielfach zusammen mit seiner Frau Walentina Schurawlewa verfasste: *Heldensinfonie* heißt ein Roman, ein anderer *Legenden von Sternenkapitänen;* bis in die 1980er-Jahre immer wieder nachgedruckt wurde *Der Hafen der steinernen Türme.* Aufmerksamen Lesern entging nicht, dass diese Science-Fiction-Geschichten geschickt durchsetzt waren mit Philosophie – TRIZ-Philosophie. Im Geheimen ging es weiter mit TRIZ: Altschuller feilte unermüdlich an seinem Lebenswerk.

Während er in Russland bis 1986 totgeschwiegen wurde, hatte die Methode in der DDR im Laufe der Jahre nachhaltig Fuß gefasst, wenn sie auch im planwirtschaftlichen Kontext nicht ihr volles Potenzial entfalten konnte. So machte sich Mitte der 1980er-Jahre (in der Anfangszeit von Glasnost und Perestroika) der ostdeutsche Ingenieur Dietmar Zobel auf zu einer «Pilgerreise» nach Baku, um den Propheten zu suchen – war doch TRIZ, wie Zobel sich ausdrückt, in Ostdeutschland bereits «zu einer Art Regierungsprogramm» geworden.

Zuerst konnte er die Zwei-Zimmer-Wohnung nicht finden – und als er sie fand, traf er dort nur die verängstigte, «völlig aufgelöste» Frau Altschullers an. Die alten Leute lebten in bescheidensten Verhältnissen, man kann auch sagen: Sie lebten wie die Hunde. Altschuller war nicht zu Hause, weil es unter Gorbatschow neue Hoffnung für TRIZ gab. So reiste er durch das Land, hielt Vorträge und Seminare und traf die Mitstreiter und Freunde, die ihn 1989, als TRIZ wieder erwünscht und offiziell erlaubt war, zum Präsidenten der *Russian TRIZ Association* wählten. Aber da zeigten sich schon Anzeichen einer Alzheimer-Erkrankung, an der Genrich Saulowitsch Altschuller 1998 im Alter von 72 Jahren starb.

Es ist schwer zu beurteilen, ob er noch die volle Dimension der

Weltkarriere von TRIZ mitbekommen hat, eine Karriere, die ebenso das Verdienst seiner Schüler wie deren Verrat an ihrem überlebensgroßen Meister war. Altschuller, der sympathische sozialistische Idealist, war immer darauf bedacht, dass seine Methode kostenlos blieb. Von vielen war sie ausgedacht worden; sie sollte allen dienen, von allen genutzt werden können und für alle offen sein. Das Einzige, worauf es kein Patent geben sollte, war TRIZ.

Würde er schmunzeln oder würde er sich im Grab umdrehen, könnte er noch sehen, wie TRIZ international vermarktet wird und die TRIZ-Manie rund um den Erdball immer kuriosere Blüten treibt? Kein Unternehmen, das auf sich hält, kommt darum herum, seine Techniker, Entwickler und Manager zu TRIZ-Kursen zu schicken. Sogar der Automobilbauer Ford, das kapitalistische Unternehmen par excellence, schwört auf sozialistisches TRIZ, wenn es um Innovation geht.

«Nichts auf der Welt ist so mächtig wie eine Idee, deren Zeit gekommen ist», hatte sich einst Henry Ford, der Erfinder des Fließbands, voll Stolz geäußert. Der Satz hätte von Altschuller stammen können.

6 Der Traum von den weißen Mönchen (Frère Roger, Taizé)

Es muss zu der Zeit gewesen sein, in der auch Umberto Ecos Roman *Der Name der Rose* spielt, als es im überaus vornehmen und berühmten Kloster von Cluny einen merkwürdigen Ritus gab. Einmal in der Woche wuschen sich die Mönche, die keine andere Aufgabe mehr hatten, als Gott in einem unaufhörlichen Chorgebet eine Art ewiger Liturgie darzubringen, ihre Schuhe, weil sie zweihundert Jahre vorher bei der Arbeit auf dem Feld einmal wirklich schmutzig geworden waren.

Dieser absurde Ritus lässt heute noch die hochfahrende Größe, aber auch die stolze Vermessenheit dieser Mönche erahnen, die seit dem 10. Jahrhundert den alten, frommen Geist des Benediktinertums wiederbeleben wollten.

Die Mönche im burgundischen Cluny steigerten das von Benedikt vorgeschriebene Maß des Chorgebets auf das doppelte Maß, so dass der Kardinal und Kirchenreformer Petrus Damiani (1007–1072) sich darüber beklagte, das Stundengebet sei so lang, dass er am Sonntag kaum eine halbe Stunde finde, um mit Mönchen zu sprechen.

Benedikt von Nursia (um 480–547) hatte in seiner Lebensregel das «ora et labora» (Bete und arbeite!) verordnet. Da sich dort aber auch der Satz findet «Dem Gottesdienst soll nichts vorgezogen werden», schufen sich die Mönche von Cluny ein Kloster, in dem es in den Spitzenzeiten vierhundert Mönche gab, für die das Chorgebet Selbstzweck war. Sie betrieben einen gigantischen Kult um das «ora», während Hundertschaften von Laienbrüdern für das «labora» zuständig waren.

Die mittelalterlichen Menschen waren fasziniert von den Mönchen und vermachten ihnen bedeutende Schenkungen – in der Hoffnung, das Gebet der Mönche werde ihnen ihr ewiges Seelenheil sichern. Cluny wurde immer reicher – zeitweise gehörten mehrere tausend Klöster zu dem Verband – und das himmlisch-irdische Schauspiel immer absurder, bis alles in sich zusammenstürzte.

Luther geißelte die «Möncherei» als gotteslästerliches Unterfangen und ließ sie «ausfegen» aus den Kirchen der Reformation. Im Gefolge der Französischen Revolution wurde das einst so stolze Cluny, dessen Kirche nur eine Handbreit kleiner als St. Peter in Rom war, zum Steinbruch, aus dem sich jedermann bedienen konnte. Die Citoyens, also die Bürger, fuhren auf ihren Karren die geweihten Steine davon, um sich Villen davon zu bauen.

All diese Geschichten – vom mächtigen Cluny, vom Zorn Luthers und von der großen Säkularisierung in Frankreich – muss man im Kopf haben, um die kleine Geschichte zu verstehen, die sich im Sommer 1940 in einem winzigen bäuerlichen Flecken ganz in der Nähe von Cluny abspielte.

In Taizé lebte zu dieser Zeit eine Madame de Brie, die mitten im Krieg versuchte, ihr Anwesen zu verkaufen. Allein der Versuch mutet surreal an. Hitlers Truppen hatten die Grande Nation im «Blitzkrieg» überrannt. Frankreich befand sich in Auflösung. Das Land wurde nicht mehr regiert. Da und dort organisierte sich der Widerstand. Überall waren Menschen auf der Flucht. Madame de Brie aber konnte sich die Zeit nicht aussuchen; sie war gezwungen zu verkaufen. In ihrer Not wandte sie sich in einem neuntägigen Gebet an den Heiligen Geist.

Und siehe da: Plötzlich stellte sich wie aus heiterem Himmel ein Kaufinteressent ein, ein junger Mann aus der Schweiz, 25 Jahre alt. Madame de Brie hätte allen Grund gehabt, ihm zu misstrauen. Die Auskünfte des hageren, etwas kränklich wirkenden Mannes klangen reichlich spinnert.

Er sei evangelischer Pastor und habe gerade in Genf promoviert. Vor kurzem sei er in seiner Schweizer Heimat zu der inneren Gewissheit gelangt, dass er sein Land verlassen solle, um in Frankreich eine geistliche Gemeinschaft, eine Art «Kloster» zu gründen – und zwar sofort. Und nun sei er hier, im alten Klosterland von Cluny; er habe das Schild «Zu verkaufen» gesehen – und dieses Anwesen sei genau das, wovon er geträumt habe.

Das war nun in mehr als einer Hinsicht verrückt – so viel wusste auch Madame de Brie. Seit 400 Jahren gab es in der evangelischen Kirche keine Klöster mehr. Der Mann war vollkommen allein. Das Gebiet war katholisch. Die Deutschen hielten das Land besetzt. Er hatte kein Geld und konnte deshalb den Kaufpreis nur über eine Anleihe finanzieren. Trotzdem willigte Madame de Brie in den Kauf ein. Irgendetwas hatte sie an diesem jungen Mann fasziniert. Und sie wusste auch, was es war.

Siebzehn Jahre vor der Begegnung – es war im Jahr 1923 – hatte Madame de Brie eines Tages Post aus dem Benediktinerinnenkloster Dourgne erhalten. Dort lebte eine Ordensfrau, mit der sie in einem intensiven Briefwechsel stand. An diesem Tag teilte die Schwester ihr einen sonderbaren Traum mit, an den sich Madame de Brie erst wieder erinnern sollte, als dieser junge Schweizer Pastor vor ihr stand:

«In jener Nacht war ich zu Ihnen nach Taizé versetzt. Es waren dort Mönche, welche die göttliche Liturgie sangen. Freude überflutete mein Herz … Vielleicht wird einer Ihrer Urenkel in naher oder ferner Zukunft das Band der Vergangenheit wieder aufnehmen und mit Cluny neu beginnen. Wer kennt schon Gottes Plan?»

Dieser Traum also tauchte aus den Tiefen der Erinnerung auf, als der junge Schweizer Idealist vor Madame de Brie seine Ideen entwickelte.

Der Traum sollte in Erfüllung gehen. Der Kauf des unscheinbaren Anwesens im August 1940 wurde zur Geburtsstunde der «Communauté de Taizé», der wahrscheinlich bedeutendsten europäischen Klostergründung im 20. Jahrhundert. Frère Roger Schutz (1915–2005), so hieß der junge Mann, begann sein Leben in Taizé, indem er, völlig auf sich gestellt, dreimal am Tag ein Gebet verrichtete und Gastfreundschaft übte. Das Haus, das einmal Madame de Brie gehörte, wurde zu einer Zufluchtsstätte für Flüchtlinge – Franzosen, aber auch Juden. Roger Schutz war sorgsam darauf bedacht, dass seine Gebetsübungen so diskret geschahen, dass es die jüdischen Flüchtlinge nicht verletzte.

Die kleine Oase des Friedens und der Zuflucht konnte nicht verborgen bleiben. Mitte 1942 spitzte sich die Lage zu. Roger Schutz fasste das Drama dieser Tage später so zusammen:

«An diesem Sommerabend im Jahre 1942 war ich noch allein in Taizé … Ich wusste mich in Gefahr wegen der politischen Flüchtlinge, die ich im Haus beherbergte. Schwer hing die Drohung einer Verhaftung über mir. Eine Gruppe Zivilpolizisten, die auf Streife war, kam, um mich zu verhören. An jenem Abend, als die Angst mein Herz zusammenschnürte, stieg ein Gebet in mir auf, mit dem ich Gott anrief, ohne wirklich zu verstehen, was ich sagte: ‹Nimm mein Leben, wenn du es für gut befindest, aber gewähre, dass das, was hier begonnen hat, weitergehe.› Und was hatte hier vor zwei Jahren begonnen? Vor allem Gastfreundschaft und das einsame Gebet.»

Roger Schutz musste vor der Gestapo fliehen. 1944 kam er zurück – und mit ihm sechs Männer, die sein Leben in der Stille, sein Leben für Frieden und Versöhnung mit ihm teilen wollten. Daraus ist Taizé geworden.

Einen Ritus, wonach die Brüder einmal in der Woche die Schuhe waschen, gibt es nicht. Unter der weißen Kutte der Brüder lugen die schmutzigen Arbeitsstiefel hervor. Die Mönche, die nicht «Mönche» genannt werden wollen, verdienen sich ihren Lebensunterhalt durch ihrer eigenen Hände Arbeit. Spenden für die Kommunität werden nicht angenommen. Nicht mit guten Werken möchte man den Himmel stürmen, man wartet demütig darauf, dass Gott sich dem Menschen schenkt. Das Gebet ist schlicht und unprätentiös; es besteht aus lauterem Vertrauen auf Gott. Die Brüder aus verschiedenen christlichen Konfessionen zelebrieren keinen abgehobenen Gottesdienst. Besonders in den Sommermonaten sitzen sie inmitten von Tausenden von Jugendlichen, die mit ihnen schweigen und beten.

Überhaupt die Jugendlichen – sie haben das stille Dörfchen in der Nähe von Cluny zu einer Art permanentem christlichem Woodstock gemacht. Angezogen werden sie immer wieder von der Schönheit der mehrstimmigen Gesänge. Ob die Schwester in Dourgne davon träumte?

7 Der Überlebenskünstler
(Carl Zuckmayer)

Es war höchst leichtsinnig für die beiden Freunde, sich 1936 mitten in Berlin wiederzusehen. Der eine, der Schriftsteller Carl Zuckmayer, war zehn Jahre zuvor noch der gefeierte Shootingstar der Berliner Bühnen gewesen. Nun verbrannten die Nazis öffentlich seine Bücher. «Zuck», wie ihn seine Freunde nannten, war als «Halbjude» und Verfasser von «Rinnsteinliteratur» in Ungnade gefallen. Die braunen Horden hatten ihm die Militärsatire *Der Hauptmann von Köpenick* – «von Freund und Feind als Politikum begriffen» (Zuckmayer) – nicht verziehen und ihm angedroht, er werde bald Gelegenheit haben, ein preußisches Zuchthaus von innen kennen zu lernen.

Der andere war mindestens so berühmt wie «Zuck» und in einer noch weitaus prekäreren Situation: Der Generaloberst im Reichsluftfahrtministerium Ernst Udet war ein Volksheld, den jedes Kind kannte. Im Ersten Weltkrieg hatte sich der tollkühne Flieger ritterliche Luftschlachten mit dem französischen Fliegerass Georges Guynemer geleistet und war hochdekoriert aus dem Krieg zurückgekehrt.

Der im Grunde unpolitische Udet, der nichts anderes wollte als *fliegen, fliegen, fliegen,* hatte sich von den Nazis kaufen lassen. Der Mann, der in den 1920er-Jahren die Massen durch seine Flugakrobatik fasziniert hatte, hatte einen Narren gefressen an den für ihn unerschwinglichen amerikanischen «Curtiss Hawk»-Maschinen. Wenige Wochen nachdem Udet der NSDAP beigetreten war, standen zwei nagelneue «Curtiss Hawks» für Udet bereit.

Zuckmayer schreibt: «Wir trafen uns zum Essen in einem kleinen, wenig besuchten Lokal. ‹Nicht bei Horcher›, hatte er gesagt – das war früher unser Treffpunkt gewesen –, ‹da hocken jetzt die Bonzen.› Er trug Zivil, aber er war schon ein hoher Offizier der Luftwaffe. ‹Schüttle den Staub dieses Landes von deinen Schuhen›, sagte er zu mir, ‹geh in die Welt und komm nie wieder. Hier gibt es keine Menschenwürde mehr.› – ‹Und du?›, fragte ich. ‹Ich›, sagte er leichthin, fast beiläufig, ‹bin der Luftfahrt verfallen. Ich kann da nicht mehr raus. Aber eines Tages wird uns alle der Teufel holen.›»

Zuckmayer und Udet, die beiden Freunde, sollten sich an diesem Abend zum letzten Mal in ihrem Leben sehen. Zuckmayer würde den Krieg überleben, Udet nicht.

Carl Zuckmayer, 1896 in Nackenheim bei Mainz geboren, lernte früh zu überleben. Als Kriegsfreiwilliger zog der 18-Jährige begeistert gegen Frankreich. Ein halbes Kind noch, fand sich Carl Zuckmayer in den unfassbaren Gräueln der Marneschlachten wieder. In diese Zeit fällt ein schockierendes Erlebnis, das man in seinen Aufzeichnungen vergebens sucht. Carl Zuckmayer hat es seinem Jugendfreund Joseph Albrecht anvertraut. Albrecht erzählt:

«Er sah, wie Freunde von Granaten zerfetzt wurden und starben. Einmal lag er mit einem tödlich verwundeten Kameraden unter feindlichem Feuer. Der Unglückliche in seinen Todesqualen bat ihn, seinem Leiden ein Ende zu machen. Zuckmayer erfüllte ihm diese Bitte und schoss ihm mit seiner Pistole durch den Kopf … Das Entsetzen über seine Tat erschütterte ihn immer noch tief. Ein Rohling war er niemals, und sein betont männliches Auftreten war häufig Maskerade.»

Zuckmayer, dem man später nachsagte, er sei ein Genie der Freundschaft gewesen, hat einen Menschen getötet, einen Freund. Sein späteres wildes, vitales *Überleben,* das allzu leicht als *Positive Thinking* und kraftstrotzendes Stück Lebenskunst verklärt wird, hat diese Nachtseite des Wissens: Die einen schaffen es, die anderen kommen unter die Räder. Beide sind in derselben Welt, manchmal durch Liebe oder Freundschaft, manchmal auf tragische Weise verbunden – mindestens aber durch Mitgefühl, den Kern unserer Humanität.

Wer wissen will, warum uns die Komödie vom Überlebenskampf des Schusters Voigt in *Der Hauptmann von Köpenick* so anrührt, warum wir vielleicht zu Tränen ergriffen sind, wenn der falsche Hauptmann dem todkranken Liesken ein Märchen vorliest, sollte an die Urerfahrung des Autors denken, der einen Freund verliert, indem er ihn erschießt.

Nach dem Krieg: Carl Zuckmayer, der Sohn eines kleinen Fabrikanten für Weinflaschenkapseln, will die Welt des Theaters für sich erobern. Aber statt ein gefeierter Bühnenautor zu werden, lernt er Hinterhöfe und Kellerquartiere der Metropole Berlin kennen und – nachdem er die Schecks seines Vaters stolz zurückgewiesen hat – den Hunger. Seine ersten Stücke werden verlacht und von dem Kritiker Alfred Kerr, dem «Allmächtigen», verspottet. Auf der Suche nach einem Job, der ihn wenigstens notdürftig über Wasser halten kann, verdingt sich Zuckmayer schließlich sogar als Schlepper für illegale Nachtlokale. Erst als er nur um Haaresbreite einer Verhaftung als Kokaindealer durch die Polizei entgangen ist, verlässt er Berlin – ein gescheiterter junger Mann.

Zuckmayer kämpft, stürzt ab, steht auf, kämpft weiter. Er geht fort aus der Hauptstadt, um wiederzukommen. Ein paar Jahre später ist Zuckmayer Deutschlands erfolgreichster und beliebtester Bühnenautor. *Der fröhliche Weinberg* wird auf allen Bühnen gespielt und wirft so viel Ertrag ab, dass Zuckmayer sich in Henndorf bei Salzburg ein traumhaftes Anwesen kaufen kann, wo er sich vor den Nazis, die sich auf ihn eingeschossen haben, in Sicherheit wähnt.

«Wenn man mich damals gefragt hätte, wo das Paradies gelegen sei, so hätte ich ohne Zögern geantwortet: in Österreich, sechzehn Kilometer östlich von Salzburg an der Reichsstraße, dicht beim Wallersee.»

Aber das Schicksal fordert ihn ein zweites Mal heraus. Sein Fliegerfreund Udet behält mit seiner drei Jahre zuvor geäußerten Aufforderung recht: «Schüttle den Staub dieses Landes von deinen Füßen!» Es kommt zum Anschluss Österreichs an Nazideutschland. Carl Zuckmayer wird ausgebürgert, sein Haus beschlagnahmt. Er muss in aller Eile die Koffer packen, seine geliebte Henndorfer Idylle verlassen. In einer abenteuerlichen Flucht über die Schweiz und Kuba gelangen «Zuck», seine Frau Alice Herdan-Zuckmayer und zwei Töchter, von denen eine den schönen Namen Winnetou trägt, nach Amerika.

Dort ist er durchaus kein Unbekannter; sein Ruhm als einer der führenden Dramatiker Europas hat sich auch in den Staaten herumgesprochen. Doch wovon soll er leben? Zuckmayers Handwerk ist die Sprache – die deutsche Sprache. Eine andere

Fremdsprache als die Mainzer Mundart beherrscht er nicht. Zwar hatte er Ende der 1920er-Jahre das Drehbuch zu Emil Jannings' *Der blaue Engel* verfasst. Doch seine Versuche, für Hollywood zu schreiben, schlagen fehl.

«Ich kassierte meinen letzten Scheck und ging mich besaufen», schreibt Zuckmayer in seinen Erinnerungen, wo es schließlich heißt: «Wir hielten uns gerade noch eine Stufe über der Verelendung.»

Zuck, der Überlebenskünstler, resigniert nicht; er bettelt nicht, schlägt sich nicht auf Kosten der Freunde durch. Er gibt seinem Leben einen unerwarteten Dreh. Er legt die Feder beiseite und beschließt zusammen mit seiner Frau Alice, Farmer zu werden – von jetzt auf gleich: «… die letzte und einzige Möglichkeit, unser Dasein durch freie, selbstgewählte Arbeit zu fristen.»

Im Bundesstaat Vermont, an der amerikanisch-kanadischen Grenze pachten die beiden die archaische Backwoods-Farm, *Die Farm in den grünen Bergen* (so heißt das Buch, das seine Frau später über diese Zeit «hinter den Wäldern» verfasste). Mühsam und unter vielen Rückschlägen lernen die Stadtmenschen Alice und Carl, die Erde umzugraben, Gemüse anzubauen und es für den Winter zu konservieren. Im Winter ist die Farm von der Außenwelt abgeschnitten. Die beiden Exilanten lernen, Gänse, Enten, Schweine, Ziegen zu züchten und zu schlachten. Carl geht auf die Jagd und lernt, Fische zu fangen, Alice wird zu einer virtuosen «Do-it-yourself-erin»:

«Hätte man warten wollen, bis da ein Handwerker hinaufkam, um eine vom Sturm abgerissene Stalltür … oder eine Wasserleitung zu reparieren, so wären die Tiere im Stall und man selbst erfroren und verkommen. Meine Frau wurde Spezialistin in Klosettreparatur und führte später noch, besonders während der ersten Nachkriegsjahre in Deutschland, immer ein Werkzeugkästchen in ihrem Gepäck, womit sie an einem Ostersonntag in Hamburgs bestem Hotel, zum Entsetzen des Zimmermädchens, auf der Brille stehend die unablässig rauschende Spülung instand setzte …» Es war, schreibt Carl Zuckmayer, «als seien wir dort als Kinder ausgesetzt, noch unfähig, uns selbst zu ernähren, und es kam keine Wölfin und keine weiße Hündin, uns zu säugen.»

Der deutsche Dramatiker, der nie ein Werkzeug in die Hand genommen hatte, in der Wildnis der Vermonter Berge – das ist eine moderne Robinson-Geschichte. Nur einige rudimentäre Werkzeuge sind vorhanden. Damit kann man überleben, sich eine Welt errichten, glücklich sein.

Im Meer des Krieges ist die Backwoods-Farm dennoch keine «Insel der Seligen». Mehrfach platzt die Zeit in ihrer ganzen Brutalität in die Vermonter Stille herein. Die Nachricht vom Selbstmord des engen Freundes Stefan Zweig am 22. Februar 1942 in Persepolis bei Rio de Janeiro erschüttert Zuckmayer so, dass es zu einer (alkohol-)schweren Krise kommt. Zuckmayer beklagt Zweigs «Ausfall, sein Sich-aus-dem-Staub-Machen»; er verdeutliche «auf eine gräßliche Weise die Auflösung unserer heimlichen Commune. Wo ist noch Halt, wo ist noch Gemeinschaft?»

Zuckmayer weiß, dass er die Feder in die Hand nehmen müsste, aber ihm fehlt die Kraft dazu, am Abend, nach harter körperlicher Arbeit. Und *wohin* soll er schreiben? In Deutschland hört ihn niemand, in Amerika kennt ihn niemand. Es musste noch zu einer zweiten Erschütterung kommen, damit Zuckmayer wieder zu seiner Berufung fand.

Im Dezember 1941, wenige Monate nach Übernahme der Farm, liest Zuckmayer in einer amerikanischen Zeitung, der «Generalluftzeugmeister» der deutschen Wehrmacht Ernst Udet sei ums Leben gekommen – er habe eine neue Waffe erprobt und dabei schwere Verletzungen erlitten, denen er erlegen sei. Die Wahrheit ist anders – und nach und nach erfährt Zuckmayer sie:

Ernst Udet, der Stufe um Stufe in der Nazihierarchie nach oben geklettert war, bis er für die ganze deutsche Luftwaffe verantwortlich war, hatte sich *erschossen.* Hitler und Göring hatten ihm die Schuld für die verlorene Luftschlacht um England gegeben. Aber Udet, der immer nur Flieger sein wollte, hatte auch erkannt, welch ungeheures Maß an Unrecht und Leid durch den Nationalsozialismus über die Erde kam.

Es arbeitet in Zuckmayer. Während er draußen ist, in den Wäldern, auf dem Feld, während er auf dem See ist beim Fischen, während er die Ziegen melkt – immer geht ihm durch den Kopf, wie es sein konnte, dass der Freund, der «prächtige Kerl», mit dem er getrunken und gelacht hatte, in die Fänge des braunen Molochs geriet.

Ein Jahr nach dem Lesen der ersten Notiz, im Dezember 1942, greift Zuckmayer endlich zur Feder. Unterbrochen von den arbeitsreichen Sommern, schreibt er an einem Stück, von dem er nicht weiß, ob es jemals sein Publikum finden wird, und beendet es im Winter 1944/45. Nazideutschland liegt in den letzten Zuckungen, und das Stück ist schon fertig, in dem es um die Frage geht, wie der Anständige die satanischen Versuchungen der bösen Macht überlebt. Es heißt: *Des Teufels General.*

Let's roll
(Todd Beamer)

Todd Beamer wählte den Fensterplatz. Er liebte es, in den sonnigen Morgen hinauszuschauen und noch etwas zu träumen von seiner kleinen Familie, seiner wunderbaren Frau Lisa, dem dreijährigen David, dem neunzehn Monate alten Drew und dem Kind, das ihnen in vier Monaten geboren werden würde – wenn alles gutging. War das nicht der Sinn ihres Lebens, für die Kinder da zu sein? Todd Beamer schaute auf die Uhr: Warum startete die Maschine nicht ...?

Es war der Morgen dieses 11. September 2001, der sich für immer in das Gedächtnis der Menschheit einbrennen sollte. Vier verschiedene amerikanische Verkehrsmaschinen machten sich für den Start bereit. Noch wusste niemand, dass sich an Bord jedes dieser Flugzeuge Al-Kaida-Terroristen befanden.

Um 7.59 Uhr startete von Boston aus *American Airlines Flight 11* in Richtung San Francisco. Fünfzehn Minuten später hob ebenfalls in Boston *United Airlines Flight 175* ab; die Maschine sollte nach Los Angeles fliegen. Genau um 8.20 Uhr stieg *American Airlines Flight 77* von Washington, D.C. aus in Richtung Los Angeles in die Lüfte. 22 Minuten später (und damit 42 Minuten zu spät) startete *United Airlines Flight 93* vom Newark International Airport, um nach San Francisco zu fliegen. In dieser Maschine befand sich der unglückliche Todd Beamer.

Keines der vier Flugzeuge erreichte sein Ziel. *American Airlines Flight 11* schlug gegen 8.46 Uhr in den Nordturm des World Trade Centers ein; um 9.03 Uhr raste *United Airlines Flight 175* in dessen Südturm; *American Airlines Flight 77* stürzte um 9.37 Uhr auf das Pentagon; um 10.03 Uhr zerschellte *United Airlines Flight 93* auf einem freien Feld bei Shanksville in Pennsylvania. Amerika befand sich im Krieg.

United Airlines Flight 93, das Flugzeug, in dem Todd Beamer saß, hatte wie gesagt Verspätung. Allein diesem Umstand (und einer Geschichte, die zu erzählen sein wird) hatte Amerika es zu verdanken, dass es nicht zum Super-GAU kam. *United Airlines Flight 93* war dafür bestimmt, die amerikanische Regierung in die Luft zu sprengen. Die fünf Männer, die das verhinderten, hießen Todd Beamer (31), Jeremy Glick (31), Mark Bingham (31), Thomas Burnett (38) und Louis Nacke (42).

Alle fünf waren sie von dem Schlag, aus dem man in Hollywood gerne Helden schnitzt: junge, durchtrainierte Manager, lässige Erfolgstypen, E-commerce-Cowboys, taffe American Boys, «die es nicht lieben, von irgendwelchen Typen herumgestoßen zu werden». Der eine spielte Basketball; der andere war Judomeister; zwei von ihnen spielten Rugby; einer war Gewichtheber gewesen.

Aber das ist nicht alles, was über sie zu sagen ist. Todd Beamer etwa, der Kopf der tollkühnen Kamikaze-Gruppe, die sich unbewaffnet auf die drei Al-Kaida-Terroristen stürzte, hatte am Wheaton College in Illinois Computertechnik studiert, war als exzellenter Sportler aufgefallen und arbeitete nun als Controller bei Oracle. Außerdem war Todd Beamer religiös, ein frommer, bibeltreuer evangelischer Christ. Diese Mixtur aus Computer,

Sport, Patriotismus, Familiensinn und Religion kann man sich außerhalb Amerikas kaum vorstellen, aber sie traf mehr oder weniger auf jeden der fünf Helden von *United Airlines Flight 93* zu. Sie ist ein Stück Amerika. Wir haben es nur nicht gesehen.

Der Mann, der etliche Reihen vor Todd Beamer auf Platz 1b der Maschine sitzt und in Seelenruhe frühstückt, heißt Ziad Jarrah. Um 9.25 Uhr springt er plötzlich auf, und mit ihm drei Männer, die in der Reihe hinter ihm sitzen. Die vier Terroristen zücken ihre Messer und verschaffen sich in einem handstreichartigen Überfall Zugang zum Cockpit. Es sei eine Bombe an Bord, erklären sie. Die Piloten wollen umkehren, doch die Terroristen zwingen ihnen ein neues Ziel auf: Es geht Richtung Washington! Bei den Passagieren bricht Panik aus; sie verlassen ihre Sitze, drängen sich im hinteren Teil des Flugzeugs zusammen. Einige von ihnen nehmen per Handy Verbindung mit ihrer Familie auf.

Um 9.34 Uhr erfährt Thomas Burnett – er hat drei kleine Töchter im Alter von vier bis sechs Jahren – von seiner Frau Deena von den Anschlägen auf das World Trade Center. Wie ein Lauffeuer verbreitet sich die Nachricht unter den Passagieren. Drei Minuten danach stürzt *American Airlines Flight 77* auf das Pentagon. Auch das erfahren die Passagiere bald. Sie wissen nun, dass sie an Bord einer fliegenden Bombe sind. Ihr Flug geht in Richtung Washington. Das kann nur heißen: Capitol, Camp David oder Weißes Haus.

Alle versuchen in ihrer Verzweiflung zu telefonieren, zunächst um jemanden zu erreichen, der helfen könnte, dann, als sich die Gewissheit verbreitet, dass es wohl keine Rettung mehr gibt, um ihre Lieben noch einmal zu sprechen, ihnen Adieu zu sagen; manche rufen sich hundertmal und unter Tränen ein «I love you! I love you! I love you …» zu.

Jeremy Glick, früherer amerikanischer Judo-Meister, ist noch nicht auf diesem Plateau angelangt. Er kennt seine Frau Lyzbeth seit seiner Schulzeit. Jetzt haben sie miteinander Emerson, ein zwölf Wochen altes Baby. Jeremy Glick ist ein «Macher»; er will nicht sterben. Er fragt Lyzbeth, ob sie angreifen sollten, notfalls mit Buttermessern. «Ich glaube, ihr müsst es tun!», sagt Lyz.

Der einzige von den fünf Helden an Bord des Fluges UA 93, der nicht mit seiner Frau sprechen kann, ist Todd Beamer. Über ein in die Rückenlehne des Vordersitzes eingelassenes Telefon erreicht er um 9.45 Uhr bei der Telefongesellschaft GTE/Verizon in Oak Brook eine Lisa Jefferson. Zwölf Minuten – bis 9.57 Uhr – telefoniert er mit dieser ihm völlig fremden Frau, erzählt ihr sein Leben, spricht von der Liebe zu seiner Frau, von den Kindern, bittet sie: «Wenn ich hier nicht mehr herauskomme, würden Sie dann bitte meine Familie anrufen und ihr sagen, wie sehr ich sie liebe?»

Er bespricht mit ihr die Lage und dass man die *Hijackers* wohl angreifen müsse. Und dann die letzte Minute, bevor Todd Beamer ansetzt zum Sprung in den tödlichen Kampf: Todd Beamer fragt Lisa Jefferson, ob sie bereit sei, mit ihm zu beten. Lisa Jefferson ist bereit. Sie beten gemeinsam das Vaterunser, dann einige Verse aus Psalm 23, die Beamer auswendig weiß: «Der Herr ist mein Hirte, nichts wird mir fehlen … Muss ich auch wandern in finsterer Schlucht, ich fürchte kein Unheil; denn du bist bei mir …!»

Dann bittet Todd Beamer Lisa Jefferson noch einmal, seine Kinder und seine schwangere Frau, die ja auch Lisa heiße, zu grüßen. Und dann hört Lisa Jefferson nur noch den Satz, der Amerika zutiefst berührte: «Gott, steh mir bei. Jesus, steh mir bei. Seid ihr so weit, Jungs? Let's roll!» Lisa Jefferson hört, bis die Verbindung abbricht, nur noch Schreie in arabischer und englischer Sprache und Kampfgeräusche.

Was genau geschah in den sechs Minuten von 9.57 Uhr bis 10.03 Uhr, als die Maschine bei Shanksville mit einer Geschwindigkeit von 800 km/h senkrecht in den Boden raste und sofort explodierte, lässt sich nur mühsam rekonstruieren. Die fünf müssen auf das Kommando von Todd Beamer nach vorne gestürzt sein, vorbei an der Leiche eines mit dem Messer getöteten Passagiers, vorbei an dem Entführer mit dem roten Stirnband. Wenigstens einige von ihnen müssen das Cockpit erreicht haben, wo es offenkundig zu einem Handgemenge kam. Am Steuer der Maschine saß der Terrorist Ziad Jarrah.

Gegen 10.00 Uhr, drei Minuten vor dem Ende, entdeckte ein kleines Flugzeug, das zur Landvermessung unterwegs war, 300 Meter über sich die Passagiermaschine, deren Tragflächen wild hin- und herschaukelten. Der Voice Recorder von *United Airlines Flight 93,* den man später analysierte, vermerkt als letzte Aufzeichnung ein «Zieh es runter! Zieh es runter! ... Allah ist der Größte!»

Am 20. September 2001 saß neben Tony Blair eine zarte, blasse junge Frau im amerikanischen Kongress. Ihr schwarzes Kleid konnte nicht verbergen, dass sie schwanger war. Der Präsident kam auf Lisa Beamer zu und nahm sie in den Arm. Achtzig Millionen Amerikaner sahen auf den Bildschirmen, wie sich der Kongress und die Senatoren von ihren Plätzen erhoben.

«Ach», schrieb der Journalist Uwe Schmitt, «diese Mona Lisa trug kein Geheimnis im Lächeln, nur die Würde und Huld einer Königin. An diesem Abend müssen sich Tausende Männer verschämt in die tapfere Witwe verliebt haben, die George W. Bush nicht Witwe nannte. Vielleicht weil er ahnte, dass er gerade mithalf, eine Heilige des 11. September zu schaffen, so heilig es eben möglich ist im protestantischen Amerika. Und Lisa Beamer, 32 Jahre alt, Mutter der Söhne David (3) und Drew (1) und schwanger mit einem Kind, das im Januar zur Welt kommen soll, nahm die Rolle an.»

Sie wurde einmal gefragt, ob sie ihren Glauben nicht in Frage gestellt habe, als all das passierte. Sie antwortete: «Ich vertraue darauf, dass Gott auch an diesem Tag alles im Griff hatte und dass er, nun ja, sich um mich kümmert.»

9 Die Frau in der Sonne
(Juan Diego)

Am Morgen des 9. Dezember 1531, kurz nach Sonnenaufgang, machte sich ein armer Indio namens Juan Diego in seiner Hütte in Tulpetlac im Hochland von Mexiko auf, um zwanzig Kilometer zu Fuß nach Tlatelolco, einem Vorort der Hauptstadt Tenochtitlan, des heutigen Mexico City, zu wandern. Der Mann wollte den Gottesdienst in der Klosterkirche der spanischen Eroberer besuchen. Juan Diego gehörte zum Stamm der Chichimeken. Angesichts der damaligen Lebenserwartung war der kinderlose Witwer mit seinen 57 Jahren ein Mensch, der sein Leben gelebt hatte – ein alter Mann. Doch Juan Diego sollte an diesem Tag eine höchst zärtliche und rätselhafte Geschichte widerfahren, die sein Leben, ja das Leben seines ganzen Volkes, verändern würde.

Juan Diego war einer der wenigen Indios, die sich zum christlichen Glauben bekehrt hatten. Die «allerkatholischste» spanische Krone hatte die Elite der Orden, die Dominikaner, die Franziskaner, in die Neue Welt entsandt, um als Nebeneffekt ihrer kolonialen Beutezüge dem Papst in Rom ein Millionenheer bekehrter Seelen zuzuführen. Aber die Ergebnisse der Missionare waren kläglich; sie predigten in den Wind. Die Indios waren unterworfen, aber sie waren stolz und verachteten die Religion ihrer Eroberer verständlicherweise. Bis auf einige wenige wie der kleine, unbedeutende Chichimeke Juan Diego, der das nicht tat.

1492 hatte Kolumbus Amerika entdeckt. Innerhalb weniger Jahrzehnte war aus der ungeplanten Begegnung zweier Kulturen eine der größten Katastrophen der Menschheitsgeschichte geworden. Konquistadoren und Abenteurer zogen eine Spur aus Blut und Gewalt über den Kontinent; sie plünderten seine Goldschätze und brachten Krankheiten ins Land, die ganze Völker auslöschten.

Man schaudert, dass die Eroberer den Indios auch das Evangelium bringen wollten. Aber es gehört zu der komplexen Wirklichkeit jener Zeit, dass Hernando Cortés, der blutbefleckte Eroberer Mexikos (1519) und fatalste und unerbittlichste unter allen Konquistadoren, sich als leidenschaftlicher Christ definierte. Der Mann, der im Affekt sogar seine eigene Frau umgebracht hatte, kniete im Staub der Straße nieder, als 1523 endlich Barfüßermönche in der Aztekenhauptstadt Tenochtitlan eintrafen. Sie sollten sein Werk vollenden und die unterworfenen Indiovölker dem christlichen Glauben zuführen.

Obwohl die barfüßigen Franziskaner vorbildliche Leute waren, scheiterten sie auf der ganzen Linie. In acht Jahren – bis zu einem denkwürdigen Ereignis im Dezember des Jahres 1531 – konnten sie kaum mehr als eine Handvoll Indios zum christlichen Glauben bekehren. Die Hunderttausende von Toten, die Cortés auf dem Weg zu der Stadt des großen Moctezuma II. (spanisch: Montezuma) hinterlassen hatte, waren nicht ungeschehen zu machen.

Dabei waren die Indianer Mexikos gefangen in einer entsetzlichen Sonnenreligion. Als unerbittliche, grausame Fratze glühte die Sonne auf die Menschen herunter. Vom Kult der Sonne durchdrungen, war das Aztekenreich Montezumas ein höchst fragiles, durch schiere Gewalt zusammengehaltenes Gebilde. Eine aristokratische Priesterschicht, die eigentlichen Azteken, hielt künstlich einen permanenten Kriegszustand mit den untergeordneten Indiovölkern aufrecht.

Die Tlaxcalteken, Chichimeken, Mixteken, Tolteken und andere Stämme dienten den Azteken als Quelle für die Beschaffung von Menschenopfern. Die Azteken führten Krieg aus einem einzigen Grund: Ihnen sollten möglichst viele Männer lebend in die Hände fallen, die dann in einem rituellen Akt der Sonne geopfert werden konnten. In der Religion Mexikos schrie die Erde nach Menschenblut. Ohne Blut würde die Sonne nicht aufgehen. Ohne Blut würde sich die Erde nicht weiterdrehen. Die Konquistadoren hatten mit eigenen Augen gesehen, wie Aztekenpriester ihren Opfern mit Feuersteinklingen den zuckenden Herzmuskel aus dem Leib schnitten.

Obwohl das Ende der Aztekenherrschaft den Indios trotz aller spanischen Grausamkeiten wie die Erlösung von einem Albtraum vorgekommen sein muss, änderte sich an diesem Glauben nichts – bis zu den Ereignissen, die vom Morgen des 9. Dezember 1531 ihren Ausgang nahmen.

Es ist dieser Tag, an dem der Chichimeke Juan Diego auf dem Weg in die einstige Hauptstadt Montezumas den heiligen Berg Tepeyac passieren muss, auf dem die Azteken einst die Muttergottheit Tonantzin verehrten. Plötzlich hört er den Gesang von Vögeln. In der Aura der Vogelstimmen erscheint ihm eine schöne junge Frau, die ihn zärtlich mit «Juanito» anspricht und sich aufs liebenswürdigste mit ihm unterhält.

Der von einem Franziskaner später aufgezeichnete Dialog zwischen «Juanito» und der schönen Frau, die sich bald als «die Mutter des wahren Gottes, durch den alles lebt, des Schöpfers aller Dinge, der Herr über Himmel und Erde ist» zu erkennen gibt, gehört vielleicht zu den zauberhaftesten und anrührendsten Dokumenten christlichen Glaubens überhaupt. Es ist, als müsse die «Muttergottes» durch überfließende Milde und Güte all das wettmachen, was den Indios je an Leid und Missachtung zugefügt wurde:

«Höre, Juanito, mein liebstes, kleinstes Söhnchen, wohin gehst du?»

Juan Diego antwortet: «Ich bin auf dem Weg nach Tiatelolco zur heiligen Messe.»

Die Muttergottes möchte, dass er – Juan Diego – es ist, der dem Bischof Zumárraga die Botschaft überbringt, dass man ihr an diesem Ort auf dem Berg eine Kapelle erbauen soll. Juan Diego ist glücklich, aber er hält sich für zu klein und unbedeutend, um dem großen Bischof gegenüberzutreten. Die schöne Frau besteht auf ihrem Auftrag.

Wie nicht anders zu erwarten, scheitert Juan Diego. Bei der nächsten Begegnung wendet er sich voller Demut an Maria:

«So bitte ich dich von Herzen, meine Herrin, mein Kind, vertraue diese Botschaft jemand Bedeutendem an, jemandem, der gut bekannt und angesehen ist, damit dein Wunsch erfüllt wird. Denn ich bin nur ein armer Mann, ein Schnürchen, ein kleines Holzleiterchen, nur Laub und ein Nichts, und du, mein Kind, meine kleinste Tochter, meine Herrin, hast mich an einen Ort gesandt, wo ich kein Ansehen habe. Vergib mir, meine Herrin, wenn ich dich enttäuscht und in meinem Auftrag versagt habe.»

Aber die schöne Frau will keinen Bedeutenden. Sie will, dass es der kleine, bucklige Indio in seinem sackartigen Umhang ist, der den Auftrag ausführt.

Um ihn zu stärken, gibt sie ihm ein Zeichen mit. Er möge doch Rosen in seine Tilma (ein sackartiges Gewand aus Agavenfasern) sammeln und sie dem Franziskanerbischof zum Beweis zeigen. Juan Diego kann es nicht glauben. Die Anhöhe ist steiniges, ödes Karstland, das nur einige Disteln und Kakteen trägt. Dennoch findet «Juanito» die verheißenen Rosen. Als Juan Diego – so will es der Bericht des Augenzeugen Antonio Valeriana – die Tilma vor dem Bischof öffnet, fallen die Rosen auf den Boden, und ein wunderbares Bild erscheint auf seinem Gewand, das eine schöne Frau zeigt, die aus der Sonne hervortritt.

Dieses Bild gibt es heute noch. Mehr als zwanzig Millionen Menschen schauen es Jahr für Jahr an, denn es ist das Gnadenbild von Guadalupe in Mexico City. Tag und Nacht zieht ein nicht enden wollender Pilgerstrom an der Agaven-Tilma des heiligen Juan Diego vorüber. Nach allen Gesetzen der Natur dürfte es dieses Bild aber seit über 450 Jahren nicht mehr geben. Agavenfasern haben eine Lebensdauer von maximal zwanzig Jahren, dann zerfallen sie zu Staub.

Noch in anderer Hinsicht gibt dieses Bild die größten Rätsel auf: Obwohl es bis zur Stunde ca. 450 wissenschaftliche Untersuchungen des Bildes gegeben hat, konnte kein Forscherteam bislang klären, weshalb wir auf dem Bild überhaupt etwas sehen. Es enthält nämlich keinerlei Farbpigmente.

Ein Professor der NASA, der das Bild 1979 mit feinsten Mikroskopen untersuchte, musste bekennen: «Es gibt kein Mittel, die Beschaffenheit der für das rosa Kleid, den blauen Schleier, das

Gesicht und die Hände verwendeten Farbpigmente zu erklären, ebenso wenig wie die Haltbarkeit der Farben und die Leuchtkraft der Pigmente nach mehreren Jahrhunderten, in denen sie normalerweise längst hätten verblassen müssen ... Die Untersuchung des Bildes war die verwirrendste Erfahrung meines Lebens.»

Selbst die Augen der Madonna von Guadalupe wurden zum Gegenstand intensiver Forschungen. Ophthalmologische Untersuchungen brachten zu Tage, dass die Augen Marias, insbesondere die Netzhaut, lebendig zu sein scheinen, denn in ihnen spiegelt sich eine kleine Gruppenszene wider – und darin: das Bild eines Mannes mit ausgestreckten Händen, die Gestalt des Juan Diego (gemäß dem Purkinje-Samson-Gesetz, wonach ein gut beleuchteter Gegenstand sich dreimal in einem Auge reflektieren kann). Auch der beste und raffinierteste Maler hätte solche Details nicht wiedergeben können.

Wollen wir es dahingestellt sein lassen, ob es sich tatsächlich um ein «nicht von Menschenhand gemaltes Bild» handelt. *Ein* Wunder jedoch hat die Frau, die der Sonne ein neues Gesicht gab, mit Sicherheit vollbracht: Die Indios strömten von dieser Stunde an herbei, um sich taufen zu lassen.

Zu sagen, was sie alles in dem Bild entdeckten, in dem ihnen aus dem schrecklichen Gotteszeichen der Sonne die Gestalt einer lächelnden jungen Frau, die überdies ein Kind erwartet, entgegentritt, würde Bücher füllen. Zu zwei und zwei – so berichten die alten Chroniken – tauften die Franziskaner, und zwar vom Morgen bis in die Nacht, über Jahre hinweg. Von 1532 an ließen sich innerhalb weniger Jahre acht Millionen Indios taufen, das größte Taufereignis in der Geschichte der Christenheit.

Das kleine Wunder
(Ludwig Kraus)

Als 1989 die deutsch-deutsche Grenze geöffnet wurde, staunten die Kinder über nichts mehr als über die merkwürdigen Autos, die da plötzlich durch Westdeutschland fuhren. «Trabbis» hießen sie und produzierten statt eines sonoren Raunens ein Geräusch zwischen «Töff-töff» und «Reng-reng-deng». Aus ihren Auspuffen kamen stoßweise kleine graublaue Miefwölkchen hervor. Wenn die merkwürdigen Vehikel vorbeigerauscht waren, blieb ein bestimmter Gestank ganz lange in der Luft hängen.

Die Ära der Trabants und Wartburgs ging nach der Wende rasch zu Ende. Am 30. April 1991 lief bei den «VEB Sachsenring Automobilwerken Zwickau» der letzte von über drei Millionen Trabbis vom Band, um sofort in das Automobilmuseum «August Horch Zwickau» zu wandern. Damit war die lange und ruhmreiche Geschichte des Zweitaktmotors, der mit einem Gemisch aus Öl und Benzin betrieben wurde, endgültig zu Ende.

23 Jahre zuvor, im Oktober 1963, schickte Mercedes-Benz seinen besten Mann nach Ingolstadt, um der westdeutschen Variante des Zweitaktmotors den Garaus zu machen. Der Name des Mannes war Dr. Ludwig Kraus.

Der 1911 geborene Kraus, ein von der Statur her kleiner, aber sehr durchsetzungsfähiger Mann, hatte schon alles Mögliche gemacht: Motoren für den Zeppelin entwickelt, Schnellbootmotoren konstruiert, Motoren für die legendären «Silberpfeile» entworfen. Nun stand er vor seiner schwierigsten Aufgabe. Die DKW-Werke, die Mercedes 1958 zu 88 Prozent übernommen hatte, standen kurz vor der Pleite. Kein Mensch wollte mehr die ölig-näselnden, ruckelnden «Stinker» kaufen, die in Ingolstadt vom Band liefen. Kraus sollte reinen Tisch machen und ein Stück Autogeschichte sang- und klanglos beenden.

Dabei hatte der Zweitakter eine ruhmreiche und kuriose Geschichte. Der intelligente Ingenieur, aber glücklose Autobauer Hugo Ruppe aus Apolda hatte während des Ersten Weltkriegs einen Mini-Zweitaktmotor – «*Des **K**naben **W**unsch*» – entwickelt, der mit 18 cm³ sage und schreibe 0,25 PS erzeugte und eigentlich dazu gedacht war, den Spielzeug-Dampfmaschinen-Markt aufzumischen.

Die Zschopauer Maschinenfabrik erwarb diesen Motor, motzte ihn zu 118 cm³ und 1 PS auf und verkaufte ihn – unter dem Namen «***D**as **K**leine **W**under*» und mit dem Slogan «*… fährt bergauf wie andere runter!*» – als Fahrrad-Hilfsmotor. Aus DKW wurde in den 1920er-Jahren die größte Motorradfabrik der Welt.

Das Zweitakterprinzip übernahm die sächsische Firma auch in den Autobau. Die robusten, geradezu unverwüstlichen Motoren wurden zum Markenzeichen des nach Opel zweitgrößten deutschen Autoproduzenten. Keine Frage, dass man nach dem Krieg an die Erfolgsgeschichte und den Erfolgsmotor anknüpfte – im Osten bei «VEB Sachsenring», im Westen bei DKW/Auto Union in Ingolstadt.

Kraus wusste, dass er einen schweren Stand haben würde. Aber die Zahlen sprachen für das Aus. Fanatische DKW-Techniker, die um alles in der Welt nicht von ihrem Markenzeichen, dem Prinzip des Zweitaktmotors, abrücken wollten, hatten einen letzten verzweifelten Versuch gemacht, um vor dem Abgrund das Steuer noch einmal herumzureißen.

Der F 102 sollte es richten, mit einer neuen, revolutionären Technik. *Frischölautomatik* hieß das Zauberwort – und sie verhieß dem Autofahrer, dass es beim F 102 mit dem komplizierten Mischen von Öl und Benzin beim Tanken ein für alle Mal vorbei sei. Leider funktionierte die *Frischölautomatik* mit Vorliebe im Sommer – und nicht wirklich zuverlässig bei heftigen Minusgraden. DKW prallte mit Wucht gegen die Wand. Tausende von Arbeitern zitterten um ihre Arbeitsplätze.

Mit Feuereifer machte sich Dr. Ludwig Kraus mit einigen Getreuen, die er von Mercedes mitgebracht hatte, an die Arbeit. Kraus implantierte einem DKW-Chassis in Windeseile einen Vierzylinder-Mitteldruck-Motor, den er bei Mercedes für Militärzwecke gebaut hatte (ohne dass dieser dort je zum Einsatz gekommen wäre) und gab dem «Bastard» – so nannte Kraus ihn später – den Namen «Audi».

Das seit dem Krieg ruhende Label «Audi» gehörte zur Auto Union, ebenso wie die Marken «Wanderer», «Horch» und «DKW». Die Notoperation am offenen Herzen einer Automarke gelang. Während die überholten Zweitakter-Modelle zu Zehntausenden auf der Halde standen, funktionierten die neuen Autos, die eigentlich nur als Übergangslösung gedacht waren, überraschend gut. Aber Kraus träumte von ganz anderen Autos!

Da zog sich Mercedes überraschend aus Ingolstadt zurück. Für 296 Millionen Mark wechselte das Autowerk im Herbst 1964 den Besitzer: Die «Auto Union» ging an VW. Der ebenso charismatische wie allmächtige Nachkriegsgründer von VW, Prof.

Heinrich Nordhoff, schickte Rudolf Leiding, einen ganz harten Hund, Typ Kostenrechner mit eisernem Besen, nach Ingolstadt. Sein Auftrag lautete nicht etwa: Retten Sie Audi! Sinngemäß lautete er: Holen Sie die vier Ringe vom Firmendach und pflanzen Sie das VW-Emblem auf! Ab Mai 1965 wurden in Ingolstadt «Käfer» montiert – 350.000 Stück sollten es bis Mitte 1969 werden!

Die Techniker und Entwickler der neuen VW-Tochter, allen voran Dr. Kraus, standen betreten daneben. Was sollte aus der Marke «Audi» werden? Was aus der so verheißungsvoll begonnenen Entwicklungsarbeit für neue Modelle? Die Antwort aus Wolfsburg ließ nicht lange auf sich warten, Ludwig Kraus bekam es schriftlich mitgeteilt: Die Konzernzentrale möchte nicht, dass in Ingolstadt in Zukunft noch neue Autos entwickelt werden! Basta, aus, Schluss!

Ludwig Kraus war rasend vor Wut. Eine Weile dachte er an Kündigung. Die in Stuttgart würden ihn mit Kusshand nehmen. Dann aber fasste er einen verrückten Entschluss, der sich auch noch im Nachhinein betrachtet als ein geradezu unglaublicher Akt konstruktiven Ungehorsams darstellt:

Kraus trommelte eine Truppe der besten und verschwiegensten unter seinen Mitarbeitern zusammen und erklärte ihnen: «Wir bauen einfach weiter!» Die Männer glaubten, ihren Ohren nicht trauen zu können. Wie sollte das denn gehen? «Ganz einfach», erklärte ihnen Kraus, «wir ziehen einen Vorhang vor!» Und so geschah es. Bei Audi wusste niemand so recht, was da hinter dem Vorhang in der sogenannten «Stilhalle» vor sich ging.

Eines Tages tat Rudolf Leiding, Nordhoffs Stellvertreter in Ingolstadt, das, was manch einer auch schon getan hatte: Er lüpfte den Vorhang und sah – den neuen «Audi 100». Natürlich nicht das fertige Auto, aber ein Modell, dem Leiding sofort ansah, was es damit auf sich hatte. Leiding stürmte in sein Büro, riss den Hörer von der Gabel und ließ sich Kraus geben.

Der heftige Wortwechsel zwischen den beiden ist nicht überliefert. Sicher ist nur, dass Leiding sich überraschend schnell wieder auf einer konstruktiven Gesprächsebene befand. Statt die Eigenmächtigkeit von Kraus nach Wolfsburg zu melden, machte sich Leiding zu seinem Komplizen, setzte ihn gleichzeitig aber mächtig unter Druck: Vier Wochen habe er, Kraus, jetzt Zeit, um letzte Korrekturen anzubringen und ein definitives Plastilin-Modell zu bauen – er persönlich werde «Wolfsburg» übernehmen.

Bloß: Wie sag ich's meinem Kinde? Leiding fing einmal an mit: Man bastele da an «so Karosserievarianten».

Eines Tages war es so weit. Prof. Nordhoff hatte sich angekündigt. Mit ihm wollte eine ganze Phalanx von wichtigen Leuten wissen, *was da Mysteriöses bei Audi gespielt werde.* Kraus wusste: Letztlich kam es nur auf einen an, Nordhoff. Der VW-Boss war ein gefürchteter Mann; seine cholerische Ader herauszufordern schien nicht ratsam.

«Passen Sie auf», hatte ein wohlmeinender Mensch Kraus gewarnt, «der schleicht eine halbe Stunde um das Auto herum und sagt gar nichts.» Ein anderer hatte ihm empfohlen, auf den Kragen von Heinrich Nordhoff zu schauen – wenn er da rot anlaufe, dann sei das ein sicheres Zeichen für eine kurz bevorstehende Explosion.

Und Rudolf Leiding hatte am Vorabend noch bemerkt: «Morgen sind wir auf jeden Fall betrunken. Entweder weil wir rausfliegen – oder weil wir Glück haben!» Kraus, der ein guter Erzähler war, hat die entscheidende Szene mehrfach geschildert. In einer Version geht sie so:

> «In einem Raum der Entwicklung stellten wir das neue Fahrzeug vor. Meinen Hut und Mantel behielt ich an. Der Audi 100 stand hinter einem Vorhang und war von einer mehrfach geflickten alten Decke zugedeckt, immer nach dem Motto: arm, aber sauber. Ich ließ den Vorhang wegziehen, und die Drehscheibe setzte das Modell in Bewegung. Nordhoff schritt mehrmals um das Fahrzeug herum und hatte zuerst einen roten Nacken … Aber plötzlich änderte sich die Nackenfarbe und sein Gesicht wurde freundlicher, und in dem Augenblick habe ich Hut und Mantel abgelegt und wusste, wir hatten gewonnen.»

Irgendwann auf der Zeitlupenreise rund um das neue Auto soll Nordhoff dann noch gesagt haben: «Ein schönes Auto» – und schließlich: «Ein sehr schönes Auto.»

Das war deutlich. Die Ingolstädter bekamen noch am selben Tag grünes Licht für ihren Traum. Aber VW machte es mit ihnen wie Leiding mit Kraus. Plötzlich musste das neue Auto geradezu aus dem Boden gestampft werden; es konnte gar nicht schnell genug fertig werden. VW setzte Audi einen extrem engen Terminplan.

Kraus und seine Leute leisteten mit dem neuen Auto echte Pionierarbeit. Erstmals wurden bei der Konstruktion Computer eingesetzt. Beim Rennwagenbau hatte Kraus gelernt, wie man Teil um Teil eines Wagens betrachtet, um überall noch ein paar Gramm Gewicht einzusparen. Nur 1045 Kilo Leergewicht brachte das Auto auf die Waage. Die Konkurrenz fuhr gut und gerne mit 250 bis 300 Kilo mehr durch die Welt. Entsprechend günstig war der Verbrauch, entsprechend sportlich die Beschleunigung.

Obwohl Kraus den Windkanal von VW nicht benutzen durfte, er also aus dem Bauch heraus konstruierte, erreichte der Wagen den damals sensationellen Cw-Wert von 0,369. Der Audi 100 war seiner Zeit schlicht um fünf Jahre voraus und für ein paar Jahre das Maß aller Dinge im Automobilbau. Auf dem Internationalen Automobilsalon versammelten sich die Techniker der Konkurrenz, um dieses Auto zu bewundern, an ihm zu lernen und sich seine Merkmale ins Lastenheft zu schreiben.

Für die Menschen, die das Auto bauten, war wichtiger, dass der «100» zu einem Verkaufsschlager wurde. Wichtig war ihnen, dass dieses Auto sozusagen der Urbaustein einer Fülle von Modellen wurde, die Kraus und andere in den Folgejahren wie mit magischer Hand aus dem Baukasten zaubern konnten. Audi ging es gut; plötzlich fuhr das Unternehmen riesige Gewinne ein.

Wie Ironie des Schicksals kommt es einem vor, dass der Riese VW schon bald in die größte Krise seiner Geschichte gezogen wurde. Viel zu lange hatte man ausschließlich auf den «Käfer» und den Heckantrieb gesetzt. Plötzlich war man geradezu verzweifelt auf Audi angewiesen. Nicht nur wegen der Erträge – vor allem wegen der avancierten Technik. Wieder war es Kraus, der die rettende Lösung fand: Der erste «Passat» von 1971 war ein kaum kaschierter Audi 80, der erste «Polo» ein nur leicht umgestylter Audi 50.

Das war DKW – «Das kleine Wunder», das ein mutiger Mann vollbrachte, der zur rechten Zeit ungehorsam war.

11 Edyta (Karol Wojtyla)

Am 18. Januar 1945 wird das Arbeitslager Tschenstochau, eine Munitionsfabrik, aus den Händen der Deutschen befreit. Den Befreiern bietet sich ein grauenhafter Anblick: Die jüdischen und polnischen Zwangsarbeiter sind von den Nazischergen wie Tiere gehalten worden.

Männer, Frauen, Kinder haben «Tschenstochau» überlebt. Grau, verhärmt, in Lumpen, mit tiefliegenden Hungeraugen humpeln sie durch das Tor, das in die Freiheit führt. Nicht alle werden die Kraft haben, das Leben noch einmal zu beginnen. Auch ein kahlrasiertes Kind ist unter den Gestalten, die an diesem kalten und schneereichen Wintertag das Lager verlassen: die 13-jährige Edyta. Sie starrt vor Dreck, hat Läuse, kann sich vor Hunger und Erschöpfung kaum auf den Beinen halten. Außerdem ist sie an Tuberkulose erkrankt. Eine offene Wunde hat das Mädchen mit einem Stück Brot verklebt.

Hilfsbereite Männer heben das zittrige Kinderskelett auf den wartenden Zug. Es ist die Rückfahrkarte aus der Hölle – ein Zug, der Menschen vom Lager wegbringt! Edyta hat nur einen Gedanken: Sie will heim, heim zu den Eltern nach Krakau. Die gibt es nicht mehr, sie sind längst umgekommen in anderen Nazilagern. Woher soll Edyta wissen, dass sie die einzige Überlebende ihrer Familie ist?

Zwischen Tschenstochau und Krakau hält der Zug an; die Befreiten müssen aussteigen. Edyta schleppt sich in den Warteraum des Provinzbahnhofs und sinkt in einer Ecke entkräftet zusammen. Es ist ihr alles egal. Sie kann nicht mehr.

Plötzlich taucht ein junger Mann auf, offenkundig ein Priester. Edyta krümmt sich reflexhaft zusammen. Aber der junge Mann ist keine Gefahr – er ist freundlich, kümmert sich um das Mädchen, bietet ihm Tee und Brot an. Edyta kann kaum essen, so schwach ist sie. Der junge Mann sagt etwas, redet auf sie ein. Edyta reagiert nicht.

Kurzerhand nimmt er Edyta auf seine Schultern und schleppt sie davon. Edyta merkt nur, dass es eine lange Zeit ist. Der junge Priester ist stark, ein sportlicher Typ. Und Edyta wiegt nicht viel; sie ist nur noch ein Päckchen Haut und Knochen. Kilometerweit geht es durch den Schnee zu einem anderen Bahnhof, einem anderen Eisenbahnwaggon. Da sind vertraute Gesichter; hier warten auch noch andere Flüchtlinge auf den Weitertransport. Der junge Mann spricht mit ihnen. Aber er sieht auch, was die fröstelnden Gestalten jetzt am dringendsten brauchen. Er organisiert eine alte Tonne und etwas Brennbares, damit die Leute nicht erfrieren.

Bald flackert ein rußiges Feuer in der Tonne. Ein wenig Leben kommt in die ehemaligen Lagerleute. Man wärmt sich die Hände. Jemand lacht sogar. Edyta kann jetzt wieder stehen, an die Waggonwand gelehnt. Sie betrachtet ihren Retter, unterhält sich mit ihm, fragt nach seinem Namen.

Der junge Priester erzählt von sich – dass er 24 Jahre alt ist, keine Eltern mehr hat. Er sagt auch seinen Namen. Es ist ein einfacher polnischer Name, man kann ihn gut behalten. Edyta prägt ihn sich fest ein. Irgendwann setzt sich der Zug in Bewegung, Richtung Krakau.

Plötzlich überfällt Edyta wieder die Angst. Was hat ihr Beschützer, der nicht von ihrer Seite weicht, mit ihr vor? Will er sie vielleicht in ein Kloster stecken? Nein, beruhigt sie der junge Priester und lacht; er werde sie zu einer Tante bringen, wo sie es gut und warm habe, in eine Wohnung «voll mit Katzen und Polstern».

Eine Weile ist sie versucht, dem freundlichen jungen Mann zu glauben. Als sie aber auf dem Bahnhof in Krakau ankommen, kommt das Misstrauen mit neuer Gewalt über Edyta. In einem unbewachten Augenblick entkommt sie ihrem Beschützer, verbirgt sich hinter Milchkannen. Der Mann kann es nicht glauben, dass Edyta fort ist. Eine Weile noch hört sie seine Rufe «Edyta! Edyta!», dann gibt der junge Priester auf und geht.

Edyta Zierer schafft es aus eigener Kraft. Jahrelang lebt sie in einem Sanatorium in den französischen Pyrenäen, wo ihre Gesundheit wiederhergestellt wird. Dann, 1951, emigriert sie nach Israel. Auf dem Schiff noch lernt sie ihren Mann kennen, mit dem sie Kinder bekommt und eine glückliche Ehe führt. Über all die Jahre vergisst sie den Namen des jungen Polen nicht, dem sie ihr Leben verdankt.

Sie hat ihn auch präsent, als sie eines schönen Tages im Jahr 1978 in Israel in ihrer Wohnung sitzt und eine Ausgabe des «Paris Match» durchblättert. Plötzlich bleibt sie an einer Nachricht hängen: Ein polnischer Kardinal, liest sie da, sei zum Papst gewählt worden. Polen! Oh ja, das Land ihrer Kindheit und Jugend ist ihr vertraut. Sie liest weiter – und bleibt an einem Namen hängen, der ihr das Blut in den Kopf treibt. Edyta Zierer kennt die fünf Silben dieses Namens so genau wie kaum etwas anderes: *Karol Wojtyla*.

Rosen für die Ewigkeit
(Bischof Hezilo)

12

Alles war eng an eng gebaut: die Domschule, die Domherrenhöfe und die Domvikariate, dann die vielen Holzpfostenhäuser der Handwerker, Dienstleute und Soldaten des Bischofs. Um den Hildesheimer Dom herum schmiegte sich eine Stadt in der Stadt. Bischof Bernward hatte den gesamten Dombezirk durch einen gigantischen Trutzwall, eine tausend Meter lange und fünf Meter hohe Befestigungsmauer, schützen lassen. Rückten Feinde heran, konnten sich die Bürger in die schützenden Mauern der Burg flüchten.

Im Jahr 1046 geschah es, dass die Unachtsamkeit eines Hildesheimer Bürgers beim Umgang mit offenem Feuer verheerende Folgen hatte. Binnen kürzester Zeit geriet der gesamte Dombezirk in Brand. Die ganze Umgebung des wie eine Fackel brennenden Doms verwandelte sich in ein Flammeninferno. Wo einst die stolze Domburg über das Land grüßte, ragte am folgenden Tag nur noch eine schwarzverkohlte Trümmerwüste in den Himmel.

Dreißig Jahre später baute Bischof Hezilo den Dom wieder auf. Die alten Dokumente berichten von einer sonderbaren Sorge des Bischofs. Es ging ihm sehr nachdrücklich um den Erhalt eines *Rosenstocks,* der offenkundig das Flammenmeer von 1046 unbeschädigt überstanden hatte. Als *«ein merkwürdiges Zeichen der Vergangenheit»* ließ der Bischof den wunderbaren Rosenstock ins

Zentrum seiner Bauplanung rücken. Ein doppelstöckiger Kreuzgang schützte fortan den geheimnisvollen Rosenstrauch, der sich nach und nach an der Wand der Basilika festkrallte, mehr oder weniger zu einem Teil der Anlage wurde und heute als der «Tausendjährige Rosenstock» bekannt ist.

Tausend Jahre? Das ruft Zweifler auf den Plan. In Hildesheim, lese ich in einem Internet-Forum von Rosenfreunden, das sich mit dem Alter von Rosen befasst, gebe es nun diese berühmte Rose, die mindestens tausend Jahre alt sei – «... das aber auch schon seit vielen Jahrzehnten».

Natürlich will es auch die Wissenschaft wissen, ob es wirklich noch immer derselbe Rosenstock ist, den schon Bischof Hezilo im 11. Jahrhundert als altehrwürdige Pflanze kannte und der an der Hildesheimer Domwand alljährlich im Mai neu ausschlägt. Nun ja – 1000 Jahre, das sei ein Wort, aber von «mindestens 700 Jahren» könne man schon ausgehen. Ganz sicher ist, dass es noch immer dieselbe Rose ist, die bereits 1573 in Urkunden als damals schon «älteste Rose der Welt» auftauchte.

Wie es sich gehört, begleiten wunderbare Legenden die geheimnisvollen Anfänge des Hildesheimer Rosenstocks. Kaiser Ludwig der Fromme, der Sohn Karls des Großen, habe in einem Winter um das Jahr 810 in der Gegend von Hildesheim gejagt, als ihm eine kostbare Kreuzesreliquie, die er immer bei sich trug, verloren ging. Sofort blies der Kaiser die Jagd ab und befahl allen seinen Dienern und Gefährten, nach dem Kleinod zu suchen.

Als man den noch frischen Spuren im Schnee folgte, öffnete sich plötzlich das Dunkel des Waldes, und eine grüne Lichtung bot sich dem Kaiser und seinem Gefolge dar. Darauf stand ein wilder, grüner Rosenbusch, an dem sich die Kreuzesreliquie verfangen hatte. Darauf habe der Kaiser befohlen, an derselben Stelle einen Altar zu errichten und eine Kapelle zu bauen.

Eine andere Jagdlegende um Ludwig den Frommen will wissen, der Kaiser habe eines Tages, von Elze her kommend, im Hildesheimer Sumpfland gejagt. Vor dem zu Pferde dahinpreschenden Kaiser sei plötzlich ein weißer Hirsch aus dem Unterholz gesprungen. Ludwig habe sofort die Verfolgung des geheimnisvollen Tieres aufgenommen. Niemand habe jedoch dem schnellen Pferd des Kaisers folgen können, so dass keiner der Getreuen dabei war, als Pferd und Reiter in einen reißenden Fluss stürzten.

Während das Pferd ertrank, konnte sich der Kaiser mit Mühe ans Ufer retten. Der weiße Hirsch war verschwunden, und der Kaiser – so heißt es – irrte allein und fern von seinen Leuten durch die sumpfigen Wälder. In seiner Not habe der Kaiser eine in Silber gefasste Marienreliquie, die er immer bei sich trug, vom Hals genommen und in einen Rosenstrauch gehängt, um in seiner Not zu Maria zu beten. Darüber sei der erschöpfte Kaiser eingeschlafen.

Als er wieder aufwachte, hatte sich die Gegend in eine Schneelandschaft verwandelt. Nur um den herrlich erblühten Rosenstock herum war alles grün. Im Schnee schaute der Kaiser, so sagt es die Legende, die Umrisse einer herrlichen Kathedrale. Den bald darauf eintreffenden Gefährten schwor Ludwig, er werde hier im Sumpfland und nicht etwa an seiner Residenz Elze eine Kathedrale errichten und eine Stadt erbauen. So sei es zur Gründung Hildesheims gekommen. Zum Beweis der Wahrheit dieser Erzählung zeigen die Hildesheimer noch immer die silberne Reliquienschatulle.

Vor allem aber zeigen sie den Rosenstock. Wohin man in Hildesheim auch kommt, findet man Hinweise auf den tausendjährigen Rosenstock; sogar die Gehwege sind mit weißen Rosen markiert, um den Besucher auf dem schnellsten Weg in das heimliche Herz der Stadt zu führen. Jahr für Jahr warten die Bürger Hildesheims auf den Tag im Mai, an dem der Domküster wieder die Nachricht verkündet: *Es ist wie in jedem Jahr seit über tausend Jahren: Unsere Rose blüht!*

Dann strömen Alt und Jung, um das Wunder zu sehen, das ein Schweizer Professor, der heute noch in Hildesheim als abschreckendes Beispiel geistlicher Blindheit zitiert wird, 1891 untersucht und so beschrieben hatte: Die Tausendjährige gehöre «geradezu der häufigsten und verbreitetsten Formen der Heckenrosen» an. Selig, die nicht sehen und doch glauben!

Was der Schweizer Wissenschaftler in die bedenkliche Nähe von Unkraut gerückt hat, ist für die Hildesheimer eine Art himmlische Botschaft – ein Gruß vom lieben Gott. «Solange diese Rose blüht, so lange blüht auch Hildesheim», versichern die Bewohner ihren Gästen – und verziehen dabei keine Miene.

Die älteren unter den Hildesheimern haben ihn nämlich noch erlebt, jenen 22. März des Jahres 1945. Am helllichten Mittag, zwischen 13.15 Uhr und 13.45 Uhr, überfiel ein britisches Bombergeschwader die wehrlose Stadt. Zwei gewaltige Sprengbomben schlugen im Dom ein; Unmengen von mit Phosphor gefüllten Brandbomben verwandelten den Dom genau 899 Jahre nach dem verheerenden Brand auf der Domburg noch einmal in ein Inferno. Krachend brach das nördliche Seitenschiff im Flammenmeer in sich zusammen; auch das Mittelschiff stürzte ein. Die Flammen erfassten auch die umliegenden Gebäude, und nach zwei Stunden war der gesamte Dom nur noch eine brennende Ruine.

Als die Hildesheimer durch die ausgeglühten Mauern wanderten, galt eine ihrer Sorgen auch dem tausendjährigen Rosenstrauch. Schon schöpften sie eine gewisse Hoffnung, denn wie durch ein Wunder war die Mauer der Apsis, an die sich einst der Rosenstock geschmiegt hatte, nur zur Hälfte eingestürzt.

Aber dann sahen sie, was von dem tausendjährigen Rosenstock noch übrig war: einige versengte Äste, die aus dem Trümmerfeld herausragten, und ein Wurzelstock, der als verkohlter Strunk aus den herabgefallenen Quadern lugte. Der Steinschlag hatte auch das doppelte Gitter zerschmettert. Sechs Stäbe ragten einsam in den Himmel. Da war nichts mehr zu hoffen …

Doch das Leben ging weiter, musste weitergehen. Schon in den letzten Märztagen und dann im April machten sich die Hildesheimer Bürger an die Aufräumarbeiten. Es wurde Mai, als plötzlich eine Nachricht die Runde machte. Die Hildesheimer wollten es zunächst nicht glauben. Dann strömten sie in hellen Scharen herbei, um das Wunder zu sehen: Die Rose, ihr tausendjähriger Rosenstock, schlug aus, trug 25 neue Triebe, blühte so selbstverständlich und fröhlich aus den Trümmern heraus, als wollte das Leben selbst damit sagen: «Hat jemand an meiner Verlässlichkeit gezweifelt?»

Eine Rose ist eben mehr als eine Pflanze. «Eine Rose», hatte die in Paris lebende amerikanische Autorin Gertrude Stein einmal geschrieben, «ist eine Rose ist eine Rose ist eine Rose.» Exakter kann man ein Wunder nicht beschreiben.

Der Traum des kleinen Bischofs (Dom Hélder Câmara)

13

Zu Dom Hélder, dem Erzbischof von Olinda und Recife, kam eines Tages eine Abordnung von Fischern, die sich darüber beklagte, dass ihnen die Lebensgrundlage entzogen wurde. Ihr Dorf lag an einem fischreichen Fluss, der die Menschen seit Jahrhunderten ernährte. Ohne Rücksicht auf die Bevölkerung hatte man wenige Kilometer oberhalb des Dorfes eine riesige Chemiefabrik errichtet, deren ungefilterte Abwässer den Fluss vergifteten. Die Leute aus dem Dorf kamen zu ihrem Bischof, weil der Fluss in ihrem Dorf nur noch tote Fische ans Ufer schwemmte …

✦✦✦

Der Mann, den die brasilianische Militärjunta mehr fürchtete als die gesamte, längst zum Schweigen gebrachte Opposition ihres Landes, war physisch gesehen ein Zwerg. Die Waffe des schmächtigen kleinen Bischofs mit dem großen Kopf, den ausdrucksvollen Augen und den fragilen, sprechenden Händen war das Wort.

«Wenn einer alleine träumt, bleibt es ein Traum», rief er einmal den deprimierten Armen seines Landes zu: «Wenn wir aber alle gemeinsam träumen, dann ist es der Beginn einer neuen Wirklichkeit.» Wo immer Dom Hélder Pessoa Câmara (1909–1999) seine Stimme erhob, wurde es mucksmäuschenstill.

Mitte des letzten Jahrhunderts war die Kirche in Brasilien vielfach noch Dekor der Macht; man arrangierte sich mit der Obrigkeit. Die Politiker, die dem Geldadel des Landes entstammten, zogen in den Prozessionen mit; dafür zeigten sich die Bischöfe auf den Sektempfängen der Macht. Immer wieder gab es Kirchenmänner, die es mit der Quadratur des Kreises versuchten. Weil man mit leeren Händen wenig für die Armen bewegen kann, pflegten sie gute Beziehungen zu den Besitzern von Geld und Macht. Die Almosen, die sie beibrachten, erkauften sie sich in Wahrheit durch Schweigen, Wohlverhalten, Wegsehen.

Einer wie Câmara, ein Prophet und Unruhestifter, war nicht erwünscht, einer, der sagte:

> «Sollten wir so entfremdet sein, dass wir uns den Luxus leisten, Gott in der Bequemlichkeit müßiger Stunden, in luxuriösen Kirchen, in pompösen, aber oft leeren Gotteshäusern zu suchen und ihn nicht dort zu sehen und zu hören, wo er wirklich ist und uns erwartet und unsere Präsenz fordert: in der Menschheit, in den Armen, in den Unterdrückten, in den Opfern der Ungerechtigkeit, für die wir alle nur allzu oft mitschuldig sind?»

1964 erreichten die Machthaber, dass die Kirche den «roten Bischof» von Rio de Janeiro in den vermeintlich ungefährlichen Nordosten Brasiliens versetzte, wo Dom Hélder Câmara Erzbischof von Olinda und Recife wurde. Câmara hat solche staatlichen (und leider auch kirchlichen) Finten immer mit großer Gelassenheit betrachtet:

> «Sag Ja zu den Überraschungen, die deine Pläne durchkreuzen, deine Träume zunichtemachen, deinem Tag eine ganz andere Richtung geben, ja vielleicht deinem Leben. Sie sind nicht Zufall. Lass dem himmlischen Vater die Freiheit, selber deine Tage zu bestimmen.»

Auch der Bischof war ein Meister im Schlagen kreativer Haken. Fest verankert in der Logik der Gewaltlosigkeit, ersann er immer neue Listen, mit denen er den aufgestellten Fallen entging, seine Gegner düpierte und ihre Gewalt ins Leere laufen ließ. In Recife stand ein prächtiges Bischofspalais zur Verfügung. Dom Hélder betrat es erst gar nicht, sondern quartierte die Kommission für Menschenrechte in dem Haus ein. Er selber nahm mit einer anonymen Wohnung in der Stadt vorlieb. Doch die Rechnung der Militärmachthaber, die sich 1964 an die Macht geputscht hatten, ging nicht auf. «Olinda und Recife» wurde weltweit zum Synonym eines neuen solidarischen Umgangs der Kirche mit den Armen.

Weil Dom Hélder in seinem Heimatland nicht sprechen konnte, sprach er im Ausland. Als er 1970 in Paris die Folterung von Regimegegnern anprangerte, da füllte er ein Fußballstadion. Die Worte des genialen Redners wurden von den Machthabern in Brasilien wie Peitschenhiebe empfunden:

> «Wenn ich den Armen Essen gebe, dann nennen sie mich einen Heiligen. Wenn ich frage, warum die Armen kein Essen haben, nennen sie mich einen Kommunisten.»

Der Bischof war kein Kommunist, nur ein furchtloser, frommer Mann mit einem großen Herzen für die Armen – und ein Dichter, dessen Sprache den Schlüssel zum Herzen der Menschen kannte:

> «Es bleibt immer ein wenig Duft in den Händen derer, die Rosen schenken, die sich großzügig zeigen. Ein bisschen geben von dem, was man hat, dem, der noch weniger besitzt, bereichert den Geber, macht seine Seele schöner. Freude dem Nächsten zu geben, ist ein so einfaches Ding, doch in den Augen Gottes die schönste aller Künste.»

Deshalb verehrten ihn die einfachen Brasilianer; und sie bildeten eine Schutzmauer der Liebe um ihn, die ihn davor bewahrte, dass er im Gefängnis landete wie so viele andere brasilianische Regimegegner. Sein Haus wurde mit Maschinengewehren beschossen, aber dem Bischof geschah nichts. Die Militärs ließen es zu, dass er nach den offenen Worten von Paris nach Brasilien zurückkehrte, doch sie stellten ihn unter Aufsicht. Interviews mit der Presse waren ihm ab sofort verboten.

«Es war», erinnerte sich Dom Hélder später, «als wäre ich vom Erdboden verschluckt worden. Ein Rundschreiben der Militärregierung an die Presse bestimmte schlicht und ergreifend, dass ich nicht mehr existierte.»

Wo er hingehörte – diese Frage musste sich der Erzbischof von Olinda und Recife ab einem gewissen Zeitpunkt nicht mehr stellen. Die Militärs nahmen ihm die Standortbestimmung ab. Sie beorderten ihn zur Masse der Namenlosen und Nichtexistenten. Ihn gab es nicht, ebenso wie es das Millionenheer der Favela-Bewohner «nicht gab».

Ein dritter Weg – einer zwischen Armut und Reichtum – schloss sich für Dom Hélder Câmara von alleine aus, in diesem Land, in dem schamlos zelebrierter Luxus neben krassester Armut stand.

Leben in Brasilien – das ist in den großen Städten und an gewissen Brennpunkten eine Provokation: Entweder man gehört zu denen, die hinter den Mauern wohnen, in denen sich das Besitzbürgertum vom Rest der Welt abschottet. Dann wird man von Wächtern mit Maschinenpistolen bewacht; und wenn man in die Stadt will, greift man auf eine gepanzerte Limousine zurück. Oder man gehört zu denen da draußen, zu den Ausgeschlossenen, den Belagerern der Inseln des Wohlstands.

✦ ✦ ✦

Zu Dom Hélder kam also die Abordnung der Fischer, denen eine Chemiefabrik den Fluss verseuchte, der ihre Lebensgrundlage war.

«Eine Kläranlage muss her. Habt ihr verhandelt?», fragte der Bischof.

«Man lässt uns nicht vor», antworteten die Fischer.

«Wart ihr bei den staatlichen Stellen?»

«Schon oft. Man schreibt alles auf und verspricht uns, dass etwas passiert», beklagten sich die Fischer, «aber nichts geschieht.»

«Dann müsst ihr eine Demonstration machen», meinte der Bischof.

«Eine Demonstration haben wir beantragt. Sie ist uns untersagt worden.»

«Dann werden wir eben eine Prozession abhalten!», entschied Dom Hélder Câmara.

Eine Prozession? Ist das nicht ...? Aber warum eigentlich nicht?

«Eine Prozession», hat Karl Rahner einmal gesagt, «ist ein Zug, der niemanden bedroht, keinen ausschließt und selbst die noch segnet, die verwundert am Rande stehen.»

Für Hélder Câmara, der auf seiner Brust kein Goldkreuz, sondern ein schlichtes Kreuz aus Holz trug, war es typisch, dass er die Symbole, Ritualien und Zeichenhandlungen der Kirche nicht neben dem wirklichen Leben zelebrierte, sondern sie hereinholte in den Alltag der Menschen.

Und bald bewegte sich eine wirkliche Prozession den Fluss hinauf zur Industrieanlage, eine Prozession mit Holzkreuz, Fahnen, liturgischen Gewändern und Weihrauch – und mit dem Bischof. Polizisten standen mit ihren Motorrädern am Wegrand und beäugten misstrauisch den seltsamen Zug. Sie sahen Hunderte von Menschen jeden Alters. Ganze Familien zogen mit: Frauen, Kinder, alte Menschen. Und sie sahen die Fischer, die tote Fische in ihren Händen trugen, als wären es gottesdienstliche Gaben.

Durch das Megaphon ertönten Gebete und Lieder – und die Worte des Bischofs: «Wir werden wiederkommen, jeden Tag, solange das Unrecht anhält.» Dom Hélder hatte ihnen strikt jede Form von Gewaltanwendung untersagt – es sollte nur dieses eine prophetische Zeichen sein, dass die Fischer ihre toten Fische vor den Toren der Fabrik ablegten.

Die Prozession fand nur einmal statt. Noch am selben Tag, an dem die Medien über die Prozession der Fischer berichteten, über ihr Dorf, ihre Lebensumstände, ihre verzweifelte Lage, kam es zu Verhandlungen, an denen Dom Hélder im Auftrag der Fischer teilnahm. Die Kläranlage wurde gebaut. Das war wichtig für die Menschen jener Gegend. Wichtiger aber war, dass einer ihnen den Glauben zurückgab.

Wie hatte der kleine Bischof mit dem großen Kopf gesagt? «Wenn einer alleine träumt, bleibt es ein Traum. Wenn wir aber alle gemeinsam träumen, dann wird es eine Wirklichkeit.»

Die Auslöschung
(Israel Eugenio Zolli)

Der 16. Oktober 1943 war ein heiterer Tag. Die Herbstsonne tauchte den Petersplatz und die mächtigen Kolonnaden in ein warmes, friedliches Licht. Rom war zu diesem Zeitpunkt eine besetzte Stadt. Die Römer und die wenigen Fremden, die sich den «Festsaal» der katholischen Kirche anschauten, merkten es daran, dass eine Kolonne von Militärlastern auf dem Petersplatz einen Zwischenstopp einlegte: SS-Leute, die zu einem eintägigen Sondereinsatz nach Rom abkommandiert worden waren, nutzten die Gelegenheit, um sich das mächtige Bauwerk einmal aus der Nähe anzusehen und einige Fotos für die Verwandten in der Heimat zu schießen.

Oben, hinter den Vorhängen seiner Wohnung, stand der Papst, ein Gefangener im Vatikan. Musste er nicht wissen, welch eine ungeheuerliche Fracht sich in diesen Lastwagen befand, die da unter seinem Fenster hielten? Unten konnte jeder, der in die Nähe der Wagen kam, die Schreie von Menschen hören. In den Lkw wurden Juden deportiert. 1022 römische Bürger jüdischen Glaubens, darunter 200 Kinder, waren am Sabbatmorgen in einer nächtlichen Razzia eingefangen worden. Nur fünfzehn von ihnen sollten Rom noch einmal sehen. Der Papst tat nichts.

Zum Aufschrei gegen ihn kam es erst zwanzig Jahre nach diesem Ereignis, im Jahr 1963. Rolf Hochhuth startete mit seinem Drama *Der Stellvertreter,* in dem er den Papst als einen kalten und gewissenlosen Zyniker beschrieb, der *alles wusste und bewusst nicht handelte,* einen Frontalangriff auf Pius XII.

Der Dramatiker nahm nie Abstand von seiner Darstellung und bestand noch 2002 auf seiner Auffassung: Gäbe es, so meinte Hochhuth, entlastende Belege, hätte sie der Vatikan längst «mit Erleichterung zur ‹Widerlegung› meines Stücks veröffentlicht, das seit fast vierzig Jahren in achtundzwanzig Sprachen gedruckt ist»; Pius sei ein «radikaler Antisemit» gewesen. Das «konnte ich zum Glück für mein Drama Ende der 50er-Jahre noch keineswegs wissen. So konnte ich dem Papst im Stück noch einen Gewissenskonflikt unterstellen, den es in Wirklichkeit nie gegeben hat.»

Auffälligerweise kam dieser Angriff von einem deutschen Intellektuellen, während das offizielle Judentum in den 1950er-Jahren wenig Kritisches zu Pius XII. zu sagen wusste.

Hochhuth, der immer betonte, er habe für sein Stück lange recherchiert, ist *einem* Mann nie begegnet, der ihn in seiner Sicherheit hätte erschüttern können: Israel Eugenio Zolli, der am Karfreitag 1956 arm und verfemt in Rom starb. Zolli war einmal «der Rabbi von Rom». Wegen seiner exzellenten wissenschaftlichen Kenntnisse und seiner vorbildlichen Lebensführung hatte man ihn aus Triest gerufen und zu Beginn des Krieges zum Oberrabbiner von Rom gemacht.

Zolli, der unter anderem in Wien studiert hatte, wusste ganz genau, was von den Nazis zu erwarten war. Doch seine eindringlichen Warnungen vor dem Vernichtungswillen Hitlers verhallten bei den aufgeklärten römischen Juden, die Zolli einfach für überdreht hielten und ihm nicht glauben wollten. Sie weigerten sich, ihre Mitgliederlisten zu verbrennen; und selbst als die Besetzung Roms absehbar war, unternahmen sie nicht einmal etwas, um wenigstens die Kinder und Frauen aus der Stadt zu schaffen oder zu verstecken.

Und dann war der SS-Obersturmbannführer Kappler eines Tages in der Ewigen Stadt. Mit ihm kam die Katastrophe. Kaum war Rom in den Händen der SS, verlangte Kappler bereits die Auslieferung von 300 Geiseln oder die Übergabe von 50 Kilo Gold. In hektischer Eile versuchten die Juden die unerhörte Menge an Gold zu beschaffen. Aber trotz fieberhafter Suche brachten sie nicht mehr als 35 Kilo zusammen. In höchster Not verfiel der Oberrabbiner auf eine verrückte Idee: Er wandte sich ausgerechnet an den Papst, den Daniel Goldhagen später als «Nazi-Kollaborateur» beschimpfen sollte. Der Papst empfing ihn – und handelte sofort. Gegen Abend konnte Pius XII. bei einer zweiten Audienz Rabbi Zolli das fehlende Gold überreichen.

Kappler ließ sich davon allerdings nicht beeindrucken. Mit kalter Brutalität arbeitete er an der «Endlösung» für die römischen Juden. Zunächst ließ er die Synagogen, Archive und Bibliotheken plündern und das kostbare Beutegut nach München transportieren. Dann setzte er den Tag der endgültigen Deportation an: Es sollte der 16. Oktober 1943 sein. Inzwischen hatte sich allerdings zwischen Rabbi Zolli und dem Papst eine vorher geradezu unvorstellbare Verbindung ergeben. Fieberhaft arbeiteten der Papst und der Rabbiner an der Rettung der römischen Juden. Rabbi Zolli notierte später in seinem Tagebuch:

> «Kein Held der Geschichte hat ein tapfereres und stärker bekämpftes Heer angeführt als Pius XII. im Namen der christlichen Nächstenliebe. Bände könnten über seine vielfältige Hilfe geschrieben werden. Doch wer wird jemals erzählen, was er alles tat? Er steht wie ein Wächter vor dem heiligen Erbe menschlichen Leides. Er hat in den Abgrund des Unheils geblickt, auf das sich die Menschheit zubewegt. Die Größe der Tragödie hat er ermessen und vorausgesagt: als klare Stimme der Gerechtigkeit und Verteidiger des wahren Friedens.»

Dass die SS-Schergen von den 8000 römischen Juden nur 1022 deportieren konnten, lag daran, dass der Papst trotz massivster Drohungen seitens der SS angeordnet hatte, die jüdischen Mitbürger in katholischen Einrichtungen zu verstecken. 4447 Juden fanden Unterschlupf in Klöstern, Krankenhäusern, Heimen, sogar im Vatikan und im päpstlichen Sommersitz Castel Gandolfo.

Für Israel Zolli nahm die Geschichte eine eigene Wendung. Beeindruckt vom Handeln des Papstes, aber auch bewegt von seinen Studien, die lange schon um ein jüdisches Verständnis Jesu rangen, ließ er sich am 17. Februar 1945, wenige Wochen nach der Befreiung von Auschwitz, christlich taufen und nahm den Namen «Eugenio» an – das war der Vorname des Papstes, der mit bürgerlichem Namen Eugenio Pacelli hieß.

Die jüdische Gemeinde war zutiefst geschockt von dem Schritt ihres Oberrabbiners. Obwohl er das Leben von Tausenden römischer Juden gerettet hatte, musste er rituell aus der Synagoge ausgestoßen, sein Name aus den Verzeichnissen des Volkes Israel ausgelöscht, ein mehrtägiges Bußschweigen angeordnet werden. Israel Zolli gab es für sie fortan nicht mehr.

Bis er 1956 starb, hielt der aufrechte Mann sich und seine Familie durch Bücherschreiben, Erteilen von Hebräisch-Unterricht und eine schlecht bezahlte Bibliothekarsstelle über Wasser. Noch heute erinnert in Rom keine Straße, kein Platz an ihn.

Der Mann, der Robinson war
(Alexander Selkirk)

15

«Mit emporgehobenen Händen, ganz versunken in das Gefühl meiner Errettung, ging ich am Strande auf und ab. Ich dachte an meine ertrunkenen Gefährten und dass ich die einzige gerettete Seele unter allen sei … Ich war durchnässt und konnte die Kleider nicht wechseln; hatte weder etwas zu essen, noch etwas zu meiner Stärkung zu trinken; keine andere Aussicht bot sich mir, als vor Hunger zu sterben oder von den wilden Tieren gefressen zu werden; und, was mich besonders bekümmerte, ich besaß keine Waffen, um irgendein Tier zu meiner Nahrung zu töten oder mich gegen andere, die mich zu verspeisen Lust hätten, zu wehren. Nichts trug ich bei mir als ein Messer, eine Tabakspfeife und ein wenig Tabak in einem Beutel. Dies war meine ganze Habe …»

Daniel Defoe (1660–1731), der Mann, der mit diesem Text ein Stück Weltliteratur schuf, hatte keine Ahnung. Wie Karl May in den Jahren, in denen er seine großen Romane schrieb, nie bei den Indianern war, so hat Daniel Defoe nie einen Atlantiksegler betreten, nie den Ozean überquert, nie eine einsame Insel gesehen. Sein Heimatland England hat er überhaupt nur ein einziges Mal verlassen. Bis heute weiß man nicht, ob er *Alexander Selkirk*, den wahren Robinson, jemals von Angesicht zu Angesicht gesehen oder ob er einfach bei ihm abgeschrieben hat.

Abgeschrieben – das ist das falsche Wort. Der Traum vom Mann auf der einsamen Insel, der ganz aus sich heraus eine Welt erschafft, mochte durch das reale Schicksal des Seemanns Selkirk befeuert worden sein. Defoes Robinson war jedoch nie der Abklatsch realer Personen und Verhältnisse, sondern der geniale Wurf eines Mannes, der sich in vielen Berufen – vom Geschäftsmann bis zum Geheimagenten – versuchte, der auch viel schrieb, aber nur einmal im Leben wirklichen Erfolg hatte.

Als 1719 – und damit noch zu Lebzeiten des echten Robinson – *The Life and Strange and Surprising Adventures of Robinson Crusoe of York, Mariner* erschien, konnte der Drucker nicht genug Papier beschaffen, um die Nachfrage zu sättigen. Ganz Europa übersetzte den Roman und druckte ihn unaufhörlich nach. Dennoch starb Daniel Defoe bitterarm. Er hatte den Fehler gemacht, seinem Sohn vorzeitig das Erbe auszuzahlen; der aber weigerte sich, dem Vater die vereinbarte Rente zu geben.

Doch gehen wir dreißig Jahre zurück, um die unglaubliche Geschichte des echten Robinson zu hören!

Die *Cinque Ports* bildete mit der *St. George* einen Verbund zweier britischer Piratenschiffe, der im Jahr 1704 vor der Westküste Lateinamerikas kreuzte. Die wild zusammengewürfelte Besatzung, zusammengestellt für die Jagd auf die dickbauchigen Silberschiffe der Spanier, unterschied sich von gewöhnlichen Piraten nur durch den königlich-englischen Auftrag. His Majesty Himself hatte die Kaperschiffe ausgerüstet und in den Einsatz gegen die verhassten Spanier geschickt.

Geleitet wurde der Verbund von dem dreimaligen Weltumsegler, Entdecker und Kartographen William Dampier (1651–1715), einer Mischung aus Choleriker, Haudegen, Genie und Trunkenbold. Dampier war «vorbestraft» – 1702 hatte ihn ein britisches Gericht der Grausamkeit gegenüber der Besatzung und der Trunkenheit auf der Fahrt für schuldig befunden.

An Bord der *Cinque Ports* befand sich auch der 28-jährige Alexander Selkirk (1676–1721). Der Steuermann hatte die Nase gestrichen voll.

Was hatte man der Crew nicht alles versprochen! Reich würden sie werden! Beladen mit Schätzen würden sie nach England heimkehren! Als Helden würde man sie feiern! Aber jetzt kreuzten sie schon Wochen vor der Küste, ohne auch nur einen Spanier gesichtet zu haben. Der vielgerühmte Dampier – noch heute würdigen ihn die Lexika – lag besoffen brabbelnd im Bauch des Schiffes und war unfähig, klare Kommandos zu geben.

Die Verpflegung war jämmerlich. Die Besatzung litt an Skorbut. Selkirk – ein Choleriker wie Dampier – rastete aus, tobte herum, stellte ultimative Forderungen. Als sie sechshundert Kilometer vor der chilenischen Küste vor der einsamen Isla Más a Tierra ankerten, um Frischwasser aufzunehmen, kam es zum Eklat.

Selkirk hatte festgestellt, dass die Außenwände der *Cinque Ports* durch Bohrmuscheln porös geworden waren. Deshalb versuchte er die Mannschaft zu überreden, mit ihm auf der Insel zu bleiben. Mit diesem schwimmenden Sarg könne man sich unmöglich noch einmal aufs offene Meer hinauswagen!

Offenkundig gelang es ihm aber nicht, andere Kaperfahrer auf seine Seite zu ziehen. Selkirk soll daraufhin ausgerufen haben: «Ich habe es mir anders überlegt!», worauf der Kapitän geantwortet habe: «*Ich aber nicht!*» – und ohne ihn zum Schiff rudern ließ.

Diese Vorgehensweise war zu dieser Zeit offenbar nicht völlig ungebräuchlich. William Dampier selbst hatte sich 1691 an einer Meuterei beteiligt und war damals zusammen mit anderen Meuterern ebenfalls auf einer Insel ausgesetzt worden. Selkirks Instinkt hatte ihn übrigens nicht getrogen. Es wurde die letzte Fahrt der *Cinque Ports.* Wenige Wochen später sank das Schiff, und mit ihm ertrank fast die ganze Mannschaft in den Fluten des Pazifiks. Dampier, der sich auf der *St. George* befand, überlebte.

Glaubt man den Quellen, so hatte der Seemann Alexander Selkirk, der die Positionslichter der Segler langsam in den unendlichen Weiten des Ozeans verschwinden sah, folgende Ausrüstungsgegenstände bei sich: ein wenig Ersatzkleidung, ein Beil, ein Messer, einen Feuerstein, eine Muskete mit Kugeln und Schießpulver, einen Kochkessel und eine Bibel, als deren eifriger Nutzer Selkirk allerdings nicht bekannt war.

Der Mann, der sich von einem Tag auf den anderen auf einer menschenleeren Insel wiederfand, war selbst ein rauer Geselle und eine zwielichtige Gestalt. Das Einzige, was man aus den Jugendjahren des Sohnes eines schottischen Schusters und Gerbers weiß, ist, dass es eine Vorladung wegen ungebührlichen Verhaltens in der Kirche gab. Ab 1695 bei der christlichen Seefahrt, zeigte er früh eine Neigung zur Piraterie, fiel durch Trunkenheit auf, kam mit dem Gesetz in Konflikt und entzog sich schließlich der britischen Gerichtsbarkeit, indem er auf den königlichen Kaperschiffen des William Dampier anheuerte.

Bald stellte Alexander Selkirk fest, dass es das Schicksal gut mit ihm meinte: Es gab auf der Insel nicht nur frisches Wasser sowie eine Fülle verschiedener Früchte und Beeren, Fische und Robben, sondern sogar wilde Ziegen, die Seeleute vor ihm auf der Insel ausgesetzt hatten.

Zunächst übernachtete er in einer Höhle am Strand, in der ihn Ängste und Depressionen plagten. Es ging ihm erst besser, als er sich ins Inselinnere getraute, wo er sich durch sein Geschick nach und nach annehmbare Lebensumstände schuf. Zwischen Pimentbäumen errichtete er sich zwei Hütten, kultivierte wilde Rüben und wilden Kohl.

Solange der Pulvervorrat reichte, ging er mit der Muskete auf die Jagd. Da er von seinem Vater wusste, wie man Felle gerbt, konnte er zerschlissene Kleidung durch Ziegenfellkleider ersetzen, wobei er einen rostigen Nagel als Nadel benutzte. Als ihm das Schießpulver ausgegangen war, musste er mit dem Messer jagen, was ihm einmal fast zum Verhängnis wurde. Selkirk rutschte so unglücklich auf einer Klippe aus, dass er mehrere Tage bewusstlos war.

Gefahren durch wilde Einheimische erlebte er nicht. Einmal – es war im Jahr 1707, Selkirk befand sich gerade am Strand – sichtete ihn eine spanische Fregatte. Der Kapitän ließ sofort ein Ruderboot ins Wasser. Doch Selkirk ergriff die Flucht: Seinen Feinden mochte er nicht in die Hände fallen. Die Spanier verfolgten ihn bis ins Inselinnere, doch Selkirk konnte den Häschern entkommen.

Endlich, am 2. Februar 1709, legte der englische Segler *Duke* an der einsamen Insel an. Wie staunte Selkirk, als er an Bord des Kaperschiffes seinen alten Widersacher William Dampier entdeckte, dieses Mal allerdings nur in der Funktion des Navigators. Kapitän war ein gewisser *Woodes Rogers*. Rogers rettete Selkirk nicht nur, sondern machte ihn sogar zu seinem Assistenten. Und Rogers war es auch, der die Erlebnisse Selkirks aufzeichnete und 1712 unter dem Titel *Cruising Voyage* als Buch in London herausbrachte.

Eine läuternde Wirkung scheint der Inselaufenthalt auf Selkirk allerdings nicht ausgeübt zu haben. 1717 brannte er mit einer 16-jährigen Geliebten durch, was ihn nicht daran hinderte, ein Jahr später die Ehe mit einer Schankwirtin aus Plymouth einzugehen. Der Anklage wegen Bigamie entzog sich Selkirk, indem er einmal mehr auf einem Segler anheuerte. 1721 starb er als Leutnant auf der *Weymouth* vor der afrikanischen Westküste an Gelbfieber.

243 Jahre nach seinem Tod taufte die chilenische Regierung die Islas Más a Tierra um. Von nun an hieß die eine *Isla Robinson Crusoe* und die andere *Isla Alejandro Selkirk*. Ruhig ist es auf der heute von 630 Menschen bewohnten Insel nicht mehr, seit bekannt wurde, dass fünf Jahre nach Selkirks Rettung der spanische General Juan Esteban Ubilla y Echeverría auf der Insel einen Goldschatz vergrub, der unter anderem die sagenumwobene «Rosa de los Vientos», das Schmuckhalsband der Frau des letzten Inkakaisers Atahualpa, enthalten soll.

Nach einem Schatz ganz anderer Art suchte seit Jahren ein internationales Forscherteam unter Leitung des Japaners Daisuke Takahashi. Bei seinem fünften Besuch auf der Insel wurde Takahashi schließlich fündig. Die Wissenschaftler glaubten im Januar 2005 nicht nur die Überreste von Selkirks Hütte gefunden zu haben, deren genaues Alter sie mit der Radiokarbonmethode bestimmt hatten. Sie fanden auch ein 16 mm großes bläuliches Metallstück, das von Fachleuten als Teil eines Navigations-Stechzirkels identifiziert wurde. Die Wissenschaftler sind sich sicher: «Das Gerät kann nur Selkirk gehört haben!»

Oder Robinson.

Die Reise nach Moskau
(Konrad Adenauer)

Wenn es im Deutschland der Nachkriegsjahre abends dunkel wurde, brannte in vielen Fenstern eine einsame Kerze. Vielleicht auch bei dem alten Herrn Wenzel, der seit Jahren nicht wusste, ob sein Sohn Karl-Heinz, der in russische Kriegsgefangenschaft geraten war, noch lebte. Vielleicht auch bei der Familie Wissemann in Hagen-Hengstey, wo man immer noch nicht die Hoffnung aufgegeben hatte, den Sohn/Bruder/Mann/Vater Ernst noch einmal lebend zu sehen.

Noch immer warteten Frauen auf ihre Männer, Kinder auf ihre Väter und Mütter auf ihre Söhne. Auch im Jahr 1955 waren Tausende von Soldaten und verschleppten Zivilisten noch nicht aus dem Krieg zurückgekehrt. Historiker fanden in Moskau später ergreifende Briefe an die Sowjetführung:

Exzellenz! In der Hoffnung auf Ihre Güte und Ihr Verständnis für die Gefühle einer alten Mutter bitte ich Sie, meinen Sohn zu begnadigen. Mein Sohn wurde 1945 gefangen genommen und zu 25 Jahren Zwangsarbeit verurteilt. Ich bitte Sie, erfüllen Sie in meinen letzten Tagen die größte Bitte meines Lebens.

Ihre ergebene Anna Hopp

Als am 8. September 1955 die «Super Constellation» der Lufthansa mit einer deutschen Regierungsdelegation auf dem Moskauer Flughafen landete, hatte der 79-jährige Kanzler Konrad Adenauer fast nichts in der Hand, um sein erklärtes Ziel, die Freilassung der Kriegsgefangenen, zu erreichen. Die Russen waren darauf aus, dass die DDR von den Westdeutschen anerkannt wurde und dass es zu diplomatischen Beziehungen mit Bonn kam. Ihr Standpunkt war eindeutig.

«Wir haben keine Kriegsgefangenen, bei uns sitzen Kriegsverbrecher» – wie Bulganin sagte: «Mörder von Frauen und Kindern». Was immer sie waren – diplomatisch gesehen waren es für die Russen Geiseln, mit denen man strategische Ziele erreichen konnte. Adenauer sollte wie ein Löwe um ihre Freilassung kämpfen und sein Ziel schließlich erreichen.

Die Mittel, die er dabei einsetzte, haben viel zur Legende vom «alten Fuchs» Adenauer beigetragen. Ebenso kühn wie nüchtern und misstrauisch, traute er den Kremlpotentaten alles zu, bis hin zur physischen Vernichtung. Um wenigstens eine Rückzugsmöglichkeit in Moskau zu haben, hatte der Alte, obwohl mit dem Flugzeug angereist, einen Sonderzug mit dreizehn abhörsicheren Waggons aus Bonn kommen lassen.

Weil man die unvermeidlichen Wodka-Orgien fürchtete und um die Trinkfestigkeit der Russen wusste, verabreichte Adenauers Kanzleramtschef Globke den Delegationsmitgliedern prophylaktisch einen Löffel Olivenöl. Tatsächlich sollte die Begegnung der Todfeinde die Teilnehmer immer wieder in ein Wechselbad der Gefühle stürzen: «Am Konferenztisch eiskalt, am Buffet eng umschlungen» titelte damals Gräfin Dönhoff in der *Zeit.* Alkohol spielte nicht nur in den Nächten eine Rolle.

Der wachsame Adenauer «erwischte» die russischen Kellner dabei, wie sie am Verhandlungstisch den Deutschen Wein, den Kremlleuten aber Wasser einschenkten. Adenauer besaß den Freimut, seine Entdeckung offen anzusprechen, was ihm Achtung – und allen Wein einbrachte. Das Ringen konnte beginnen.

Nachdem der deutsche Außenminister Brentano nach dem Verbleib der deutschen Soldaten gefragt hat, holt Parteichef Chruschtschow zu einer wilden Rede aus, die in einem geschrienen «Wo sind sie? In der Erde! In der Erde! In der sowjetischen Erde!» gipfelt. Noch am 10. September wollen die Kremlherrscher um Ministerpräsident Bulganin und Außenminister Molotow das deutsche Thema nicht einmal zulassen. Immer wieder verweisen die Russen darauf, dass ihr Land das Opfer eines heimtückischen deutschen Überfalls geworden sei.

Adenauer spricht im Gegenzug die Massenvergewaltigungen durch russische Soldaten in Deutschland an und benennt «entsetzliche Dinge», was zu cholerischen Ausbrüchen von Chruschtschow und Molotow führt. Adenauer bleibt kühl und kontert schließlich: «Wer hat denn das Abkommen mit Hitler unterzeichnet – Sie oder ich?»

Gemeint war Molotow, der 1939 den Hitler-Stalin-Pakt ausgehandelt hatte. Immer wieder geraten die Verhandlungen an den Rand des Abbruchs. Deutsche Delegationsmitglieder raten intern zur Abreise. Doch Adenauer besteht hartnäckig auf einer Fortsetzung, während er gleichzeitig blufft und aus Hamburg die Flugzeuge zum Abflug ordert. Aber auch Chruschtschow trickst und lässt zum Schein die Türen zuknallen.

Am Rand der Geschehnisse ereignen sich merkwürdige Dinge. Adenauer lässt es sich nicht nehmen, die einzige katholische Kirche, die es in Moskau noch gibt, zu besuchen. Dort kniet er stundenlang, im Gebet versunken – ein Fotograf schießt das Bild seines Lebens, es geht um die Welt.

Unter den guten, helfenden Mächten dieser Stunden und Tage steht der Humor sicher nicht an letzter Stelle. So erregt das etwas voluminös geratene Delegationsmitglied Carlo Schmid das Wohlgefallen Chruschtschows (da komme ja «Großdeutschland», meint der allmächtige KPdSU-Chef): Er habe gehört, Schmid sei ja ein Mann der SPD, da habe man doch gewissermaßen gemeinsame Wurzeln.

«Der Schmid kommt in die SPD wie der Pilatus ins Credo», wiegelt Adenauer ab und stürzt damit die Übersetzer in Verlegenheit; doch der Ex-Priesterseminarist Bulganin versteht besser als gedacht und kann die feinen Zwischentöne vermitteln, die nach und nach zu menschlichem Verstehen führen.

Wichtig wird auch ein gemeinsamer Besuch Adenauers und Bulganins im Bolschoi-Theater. Am Ende der Vorstellung ergreift Adenauer die Hände Bulganins und hebt sie demonstrativ in die Höhe. Die Zuschauer blicken nicht auf die Bühne, sondern auf die Zarenloge. Der junge Reporter Gerd Ruge beschreibt die Tränen in den Augen der Menschen und telegraphiert nach Hause:

> «Die Russen unten waren tief ergriffen. Es gab einen enormen Beifall – nicht für die Bühne, sondern für die Hauptakteure oben. Bei den Russen war es doch das Gefühl einer ungeheuren Erleichterung, zehn Jahre nach dem Krieg, ein

Gefühl, dass also hier so eine Art Versöhnung zwischen Deutschland und Russland stattfindet, dass es solch einen Krieg nicht wieder geben würde.»

Am 12. September 1955, als viele schon gar nicht mehr an einen Verhandlungserfolg glauben, kommt es schließlich zum Durchbruch. Die Deutschen trauen ihren Ohren nicht, als Chruschtschow schließlich sagt: «Wir geben Ihnen das Wort eines Gentleman, dass wir alle Gefangenen – Sie bezeichnen diese als Kriegsgefangene – freilassen … werden.»

Weil Adenauer dem Frieden immer noch nicht traut, lässt er es sich noch einmal von Bulganin bestätigen: «Werden Sie nur die Kriegsgefangenen freilassen – oder alle?»

Bulganin wartet einen Augenblick, bevor es aus ihm herausbricht: «Wsjo! Wsjo! – Alle! Alle!» Ohne einen Vertrag in der Hand, nur mit einem Ehrenwort landet Adenauer auf dem Köln-Bonner Flughafen, empfangen von jubelnden Menschen. Die Mutter eines verschollenen Soldaten durchbricht die Barrieren und stürzt auf den Kanzler zu, um ihm die Hand zu küssen …

Die Russen halten Wort. Am 7. Oktober 1955 rollen dreißig Güterwaggons, aus Swerdlowsk hinter dem Ural kommend, in den Bahnhof Friedland ein – die sechshundert Mann starke Vorhut eines Heimkehrerzuges. Tausende von bangenden und hoffenden Menschen drängeln sich durch die Rauchschwaden zu den quietschend bremsenden Waggons. Ausgemergelte Gesichter schauen aus den halbgeöffneten Schiebetüren heraus und geraten sofort in ein Blitzlichtgewitter.

Einem Radioreporter gelingt es, die ersten O-Töne einzufangen. Und irgendwo in Deutschland gehen die Lichter an:

«Wollen Sie den Namen bitte sagen?»

«Karl-Heinz Wenzel. Lieber Papa, herzlichen Gruß!»

«Wollen Sie auch einen Gruß bestellen?»

«Hier spricht Ernst Wissemann aus Hagen-Hengstey. Ich grüße in herzlicher Liebe meine alte Mutter, meine Frau, meine Tochter Doris und meinen Sohn Eberhard.»

17

Das Wunderkind
(Yehudi Menuhin)

Kein Geiger würde heute noch ein Konzert geben, bei dem er an einem Abend gleich drei der größten und schwierigsten Konzerte der Violinliteratur auf einmal spielt. 1929 aber fand ein solches Konzert mit den Berliner Philharmonikern unter Bruno Walter statt. Es wurde zur Legende. Gegeben wurden Johann Sebastian Bachs E-Dur-Konzert sowie die Violinkonzerte von Ludwig van Beethoven und Johannes Brahms – sieht man einmal von der Gedächtnisleistung des Musikers ab, der die Konzerte natürlich auswendig spielte, war das eine Aufgabe, die schon rein physisch kaum zu bewältigen ist, eine Art Super-Marathon der Musik.

Der mit großer Seele und tiefster Empfindung spielende Solist des Abends war ein gerade einmal dreizehn Jahre alter jüdisch-amerikanischer Junge – ein Kind also noch, das sich nicht einmal in der Pubertät befand. Die schwierigsten Passagen meisterte der schmächtige Junge mit einer solch traumwandlerischen Sicherheit, als wäre es tatsächlich nur ein Kinderspiel.

Das Wunder aber war nicht die Virtuosität des Jungen; er lieferte keine Bravourstücke ab. Das Wunder war das Verstehen, die leuchtende Wärme, mit der er die abgründigen Schluchten von Beethoven und Brahms durchleuchtete. Die Interpretation war so durchdacht und in den schmerzlichen Tiefen durchfühlt, als spielte da kein Kind, sondern ein alter, durch Lebenserfahrung weise gewordener Philosoph, dem nichts Menschliches fremd ist. Das Publikum war hingerissen und wollte das Wunderkind nicht von der Bühne lassen.

Nach der Aufführung drängte sich eine auffällige Gestalt in die Garderobe. Der Mann, der seiner Ergriffenheit unbedingt Ausdruck verleihen musste, war eigentlich Physiker, aber seine eigentliche, seine große Liebe gehörte zeit seines Lebens der Geige. «Ab heute weiß ich, dass es einen Gott im Himmel gibt», sagte er. Der Name des «Fans» war Albert Einstein. Der Name des Geigers war Yehudi Menuhin.

Yehudi Menuhin war 1916 als Kind russisch-chassidischer Juden in San Francisco geboren worden, besser gesagt: Er kam mit der Geige auf die Welt. Schon im Alter von sieben Jahren debütierte er vor neuntausend Zuhörern in seiner Heimatstadt mit dem Violinkonzert e-Moll von Mendelssohn-Bartholdy, dem ersten der großen romantischen Violinkonzerte.

Yehudi Menuhin besuchte nie eine Schule, wurde allerdings von den Eltern unterrichtet und in einer geradezu spartanischen Weise auf seine Berufung vorbereitet. Außer am Sabbat lief das Leben des kleinen Yehudi nach einem strikten Schema ab: Von acht bis elf Uhr wurde Geige geübt, dann waren zwei Stunden «Schule». Den Unterricht erteilte der Vater, ein Mathematiker. Die Nachmittage waren wieder mit Geigeüben und Proben ausgefüllt. Und am Abend gab es noch einmal zwei Stunden Unterricht.

Die Mutter vor allem bewahrte ihn vor dem Leben und den Mädchen; und wenn Yehudi auf Konzertreise war, wurde er durch seinen Privatlehrer begleitet. Yehudi litt nicht unter dem Drill; er suchte ihn geradezu:

«Als Vierjähriger ahnte ich nicht, dass mir die Geige einen hohen Preis abfordern würde für alles, was sie mir schenkte: das Fliegenkönnen und eine solche Herrschaft über Nerven, Knochen und Muskeln, dass der Körper in ekstatische Trance verfällt. Eines aber wusste ich instinktiv: Spielen heißt für mich leben.»

In seinen Lebenserinnerungen nennt Menuhin Voraussetzungen, die in ihm schon als Kind angelegt gewesen seien: universales Mitgefühl sowie die Erfahrung von Verzicht und Leidenschaft. «Ich wüsste nicht, was aus mir geworden wäre, wenn ich nie eine Geige bekommen hätte.»

Die Geschichte des Wunderkindes Menuhin könnte man ausdehnen, denn die herausragenden Erfolge reihten sich aneinander wie Perlen auf der Schnur. Überall das Gleiche: überfüllte Konzertsäle, Jubel, Ovationen, Zugaben ohne Ende.

Für unsere Zwecke mag die Erwähnung genügen, dass es in den 1920er-Jahren zu einer Begegnung mit Arturo Toscanini kam, dem alles beherrschenden Dirigenten der ersten Jahrhunderthälfte. Toscanini, der Choleriker, hasste solche Begegnungen: «Musizierende Wunderkinder, die machen mich alle krank!» Trotzdem ließ er sich dazu überreden – und war erschüttert. Er sprach von einem «unvergleichlich göttlichen Spiel».

Eines Tages aber im Jahr 1935 – Yehudi Menuhin war damals neunzehn Jahre alt – endete der Siegeslauf des Genies in einer persönlichen Katastrophe. Hinter ihm lag eine harte Zeit. Innerhalb weniger Monate hatte der junge Geiger auf einer Welttournee 110 Konzerte gegeben. Das, was man «Leben» nennt, fand in dieser Zeit nicht statt. Kaum eine Minute war er allein. Kaum war er aus einem Flugzeug oder dem Zug gestiegen, prasselte Blitzlichtgewitter auf ihn ein, umringten ihn Menschen, hielt man ihm Mikrofone hin.

Der junge Menuhin lebte nur noch aus dem Koffer. In den Hotels hatte er kaum Zeit auszupacken. Proben. Aufführungen. Schlafen. Reisen. Und am nächsten Tag das Gleiche – über Monate hinweg …

Danach brach der junge Musiker zusammen. Er konnte nicht mehr Geige spielen. Was Yehudi Menuhin bis dahin intuitiv gelang, wurde nun zum Problem. Anderthalb Jahre zog sich Menuhin ganz vom Podium zurück, um Yoga zu üben und in einem mühevollen Kraftakt das zu lernen, was er als Kind wie im Spiel konnte. Er kam wieder – und kam doch nicht wieder.

Kein Musikkritiker, der darüber nicht geschrieben, sich im Formulieren nicht überschlagen hätte: Menuhin sei vom Genie zum Talent mutiert, er habe nie wieder an die adorable Unmittelbarkeit der Einfühlung, die naive Süße des Tons, die genialische Leichtigkeit der Gestaltung seiner Jugendjahre herangereicht. Den *Musiker* Menuhin umwehte fortan ein Hauch von Tragik; er spielte gegen seine eigene Legende an.

Nun ist die Geschichte der Musik reich an gescheiterten Wunderkindern. Selbst Mozart war in gewisser Weise ein gescheitertes Wunderkind. Als er zehn Jahre alt war, hatte er bereits einen Marathon durch die europäischen Fürstenhöfe hinter sich – und wurde nicht mehr angebetet. Sein tyrannischer Vater Leopold zwang ihn, in Londoner Pubs zu spielen, um den Lebensunterhalt der Familie zu verdienen. Zeit, als Mensch zu reifen, hatte er nie. Wäre da nicht all die unsterbliche Musik, die er zwischen den menschlichen Abstürzen und gegen die Verhältnisse aus sich herausschleuderte, könnte man sagen: Er starb, gescheitert an sich selbst, als ein ausgebrannter, verschuldeter Zocker.

Beim Wunderkind Yehudi Menuhin aber ereignete sich ein zweites Wunder, ein Wunder, das nur noch mittelbar mit Musik zu tun hatte: das Wunder der Menschlichkeit. Es war sein Scheitern an der Vergöttlichung als «größter Geiger der Welt», das ihn demütig werden ließ und ihn aufmerksam machte auf die Rangfolge der Werte, auf das, was Pascal die «Ordnung der Liebe» nennt, in der die unscheinbarste Regung des Mitgefühls unendlich höheren Wert besitzt als alle Größe in den Ordnungen der Materie und des Geistes.

Und hier bekam die Musik wieder ihren Platz. Sie war nicht mehr das Medium der Selbstverherrlichung. Während der Kriegsjahre spielte Menuhin zweihundert Konzerte bei den alliierten Streitkräften. Es gibt eine ergreifende Wochenschau-Aufnahme, in der man ihn sieht, wie er die Herzen der Frontkämpfer mit dem als Kitsch verschrienen «Ave Maria» von Schubert rührt.

1945 spielte Menuhin vor den befreiten Insassen des Konzentrationslagers Bergen-Belsen: «Ich sah zum ersten Mal, was die Musik mit Menschen tun konnte. Das war eine Erfahrung, die mich verändert und inspiriert hat.»

1947 war er der erste jüdische Musiker, der wieder nach Deutschland kam, um mit dem «Nazi-Kollaborateur» Furtwängler zu musizieren und ein Zeichen der Versöhnung und Vergebung zu setzen, woraufhin er in seiner Heimat Amerika über Jahre hinweg geschnitten wurde.

Er war der Erste, der in Israel deutsche Musik spielte.

Er konzertierte in Moskau und forderte furchtlos die Einhaltung der Menschenrechte ein.

1989 sagte er aus Solidarität mit der Demokratiebewegung eine Konzerttournee in China ab.

Er kümmerte sich rührend um den Musiker-Nachwuchs. Mit Feuereifer engagierte er sich für Projekte mit Behinderten, sozial Schwachen und gefährdeten Jugendlichen.

> «Meine These ist, dass das einzige Mittel gegen Kriminalität darin besteht, mit Musik eine Atmosphäre von Hoffnung, Vertrauen und Freude zu schaffen.»

Er spielte mit Roma, mit dem französischen Jazzgeiger Stéphane Grappelli und dem indischen Sitar-Meister Ravi Shankar. Er übte sich in Yoga und demonstrierte vor der englischen Königin den Kopfstand. Er war sich für keinen Spaß zu schade; so dirigierte er bei einer Jubiläumsveranstaltung der Berliner Philharmoniker sogar im Kopfstand. Und wo blieb die Geige? «Sie ist bloß Mittel zum Zweck und gleichzeitig das Wichtigste in meinem Leben – nach den Menschen.»

Als Yehudi Menuhin 1999 in einem Berliner Krankenhaus starb, sagte der damalige Bundespräsident Roman Herzog: «Mit seinem Tod ist die Welt ärmer geworden», und der Dirigent Justus Frantz wusste: «Als Mensch hat Yehudi Menuhin alle berührt. Jeder, der einmal mit ihm zu tun hatte, ging ein bisschen verwandelt aus dieser Begegnung hervor.»

18 Tillys Entdeckung (Tilly Smith)

«Mama, Papa!!!»

Colin Smith sah seine Frau Penny an, die auch bemerkt hatte, dass ihre Tochter wie ein Wirbelwind herangestürmt kam. «Mama, Papa – bitte hört mir zu, es ist ganz wichtig», bedrängte die zehnjährige Tilly, ganz außer Atem, ihre Eltern, die es sich beim Frühstück auf der Terrasse des tropischen Ferienhotels gerade gemütlich gemacht hatten …

Kinder gehen Erwachsenen auf die Nerven. Kinder haben eine rege Fantasie. Kinder schauen zu viele Filme. Kinder muss man nicht ernst nehmen. So denken und handeln viele Erwachsene. Manche von ihnen haben ein kleines Trauma davon zurückbehalten, dass sie selbst als Kind nicht für voll genommen wurden, dass man ihnen partout keinen Glauben schenken wollte. Dabei könnte man wissen, dass Kinder in mancher Hinsicht eine größere Wahrnehmungsfähigkeit und intuitive Intelligenz besitzen als Erwachsene.

Hätten die Eltern Penny und Colin Smith der total verrückten Warnung ihrer zehnjährigen Tochter Tilly nicht geglaubt, sie wären heute nicht mehr am Leben. Eine vernichtende Flutwelle hätte sie gnadenlos überrollt. Mauern wären über ihnen zusammengebrochen und hätten sie erschlagen. Jeder Versuch einer Rettung wäre zu spät gekommen.

Nicht nur die Familie Smith wäre ein Opfer des Tsunamis geworden, sondern mit ihr noch etwa hundert andere Urlauber und Angestellte, die sich in einem Ferienhotel am idyllischen Maikhao-Strand auf der Insel Phuket befanden. Aber Tilly, die Zehnjährige, war überzeugend. Und die Erwachsenen, die sie bestürmte, waren merkwürdig klug. Sie hörten dem Kind zu. Was war passiert?

Während ihre Eltern noch im Hotel waren, begab sich das Kind schon zum Wasser, um den schönen Tag voll auszunutzen. Da machte Tilly eine sonderbare Entdeckung:

«Ich war am Strand, und das Wasser wurde auf einmal ganz komisch», zitierte die Zeitung *The Sun* die Schülerin. «Es gab Blasen, und plötzlich war Ebbe. Ich habe gemerkt, was passiert, und hatte das Gefühl, dass es einen Tsunami geben wird.» Das habe sie ihren Eltern mitgeteilt.

Ein offenkundig besonders beeindruckender Erdkundelehrer in Oxshott, in der Nähe von London, hatte vierzehn Tage zuvor das etwas abseitige Thema «Seebeben» im Unterricht durchgenommen und darauf hingewiesen, dass es durchaus Anzeichen gebe, an denen man erkennen könne, dass sich eine Tsunami-Welle aufgebaut habe und heranrolle. Tilly war im Bilde und zählte eins und eins zusammen. Sie stürmte zurück, schrie, machte Rabatz.

Die Mutter war die Erste, die ihrem Kind glaubte. Auch der Vater glaubte. Die Angestellte an der Rezeption glaubte. Der Hotelmanager glaubte. In Minutenschnelle war das Hotel evakuiert – gerade noch rechtzeitig vor der heranbrüllenden Mörderwelle.

«Ich mag mir gar nicht vorstellen, was passiert wäre, wenn wir geblieben wären», sagte der 43-jährige Hotelmanager Craig

Smith, der Tilly als Heldin schilderte. «Es ist phänomenal, dass Tillys Eltern und die anderen am Strand noch leben, weil sie in der Schule gut aufgepasst hat.»

Der Maikhao-Strand war einer der wenigen auf der ganzen Insel Phuket, an dem es keine Toten und Schwerverletzten gab. Und die französische Kinderzeitschrift *Mon Quotidien* wählte Tilly Smith zum «Kind des Jahres 2005».

Der Schatz in der Satteltasche
(Marion Gräfin von Dönhoff)

19

Auf dem Rücken eines Pferdes entkam sie 1945 der heute versunkenen Welt der adeligen ostpreußischen Großgrundbesitzer: Marion Gräfin von Dönhoff (1909–2002), die langjährige Chefredakteurin und Herausgeberin der *Zeit*.

Einst, im 13. Jahrhundert, war das Geschlecht der Dönhoffs mit den Eroberern und Kolonisatoren des Deutschen Ordens nach Ostpreußen gekommen. Auf Schloss Friedrichstein bei Königsberg wuchs Marion heran – das siebte Kind aus der Verbindung einer Palastdame der letzten deutschen Kaiserin und eines um mehr als zwanzig Jahre älteren Reichstagsabgeordneten, der bereits eine bewegte Vergangenheit als Weltenbummler und Abenteurer hinter sich hatte.

Marion galt als das «preußischste» und zugleich wildeste unter den Dönhoff-Kindern: «Kein Weg und kein Pfad, den wir nicht kannten. Kein Stoppelacker im Herbst, kein sandiger Weg, der uns nicht als Rennstrecke diente. Noch ist mir der Ton der sich dehnenden Gurte und das Knirschen des Sattelzeugs im Ohr …»

Es gibt eine Kindheitserinnerung der Gräfin, die bestimmend werden sollte für den Weg dieser Frau, die sich im Widerstand gegen Hitler ebenso engagierte wie beim Wiederaufbau einer anderen, freien Republik.

Als sie fünfzehn Jahre alt war, machten die Dönhoff-Kinder zusammen mit Freunden einen Ausflug an die Ostsee. Auf der Heimfahrt kam es zu einem schweren Gewitter, und eines der beiden Autos – es wurde von einem Chauffeur gesteuert – geriet von der Straße ab und stürzte in den Fluss Pregel, der an der Unglücksstelle etwa zehn Meter tief war. Der Fahrer wurde aus dem Wagen geschleudert; die Kinder fanden sich gefangen in dem sinkenden Gefährt, das bald auf dem Boden des Flusses aufschlug. Wasser drang in die Lungen; die Kinder kämpften um ihr Leben.

Marion von Dönhoff erinnerte sich im Gespräch mit ihrer Biografin Alice Schwarzer:

> «Es ist unglaublich, wie blitzschnell die Gedanken in Todesangst sich überstürzen. Ich musste denken, wie dumm die Leute sind, die sagen, Ertrinken sei ein rascher Tod: Mein Gott, wie lang das dauert. Ich malte mir aus, wie traurig es für die daheim ist, wenn fünf Kinder im Saal nebeneinander aufgebahrt werden.»

Zum Glück konnte Marion das Segeltuch-Verdeck des Wagens so weit öffnen, dass sie sich befreien konnte und nach oben gespült wurde. Als letztes der überlebenden Kinder wurde sie, völlig entkräftet, aus dem Wasser gezogen. Zwei Kinder aber ertranken.

Marion Gräfin von Dönhoff sollte nie wieder in ihrem Leben ins Wasser gehen und auch nie schwimmen lernen. Sie war noch einmal davongekommen, aber Menschen, die sie liebte, hatte es ereilt. Seither wurde ihr Leben von drei Leitmotiven begleitet: *Bewahrung, Mitgefühl* und *Entschlossenheit*.

Bewahrung: Marion von Dönhoff war zeit ihres Lebens ein glücklicher, dankbarer Mensch, obwohl ihr Elternhaus in Flammen aufging, obwohl sie ihren ganzen Besitz und ihre geliebte Heimat verlor. Sie fühlte sich von guten Mächten getragen, einem gütigen Schicksal anvertraut. Aber das Gefühl, bewahrt worden zu sein, blieb durchmischt von dem anderen, dem *Mit-Gefühl* angesichts des Bewusstseins, Zeugin verhängnisvoller Dinge zu sein. Diese Durchmischung war ihre Humanität, deren tieferer Antrieb eine Liebe war, die den Zukurzgekommenen, den Opfern, den Schwachen galt. Ihnen mit *Entschlossenheit* und Zivilcourage zur Seite zu stehen, gelang ihr auf bemerkenswerte Weise.

Sie hielt sich nicht heraus, nicht an der Universität, nicht nach dem Krieg. In Frankfurt studierte die ungezähmte Komtess, die sich in der Gesellschaft von Männern immer wohler fühlte als in der von Frauen und nie heiraten sollte, Volkswirtschaft und geriet nach der Machtergreifung 1933 prompt mit den Nazis aneinander. Sie verteilte Flugblätter, riss Plakate von den Wänden, die die Juden diffamieren sollten, und versuchte, die Nazi-Fahne vom Dach der Universität zu entfernen.

Ab 1937 war sie «Chefin» auf den ausgedehnten Besitzungen von Friedrichstein, gleichzeitig aber auch eine der «Verschworenen» um Moltke, Yorck von Wartenburg und Stauffenberg, den Helden des 20. Juli 1944. Die Gestapo verhörte die Gräfin, konnte ihr aber nichts nachweisen.

Nach Krieg und Flucht – die Sowjets ließen Friedrichstein als rauchendes Trümmerfeld zurück – findet man Marion Gräfin Dönhoff bei den Nürnberger Prozessen. Sie verfasst zwei Memoranden über die Hintergründe des Nationalsozialismus und darüber, dass nicht alle Deutschen Nazis waren, die zwar die britische Besatzungsmacht nicht beeindrucken, dafür aber die Redakteure der *Zeit* durchaus.

Sie wird Mitglied der Redaktion und bald die beherrschende Figur, die große geistige Architektin der *Zeit*, ihre Chefredakteurin und ab 1973 eine ihrer Herausgeberinnen. Sie konferiert mit den Großen der Welt, pflegt Freundschaft von Helmut Schmidt bis Henry Kissinger, aber sie empfängt 1996 mit gleicher Herzlichkeit auch ein Gruppe von Punks: «Sie müssen schon entschuldigen … Es ist hier etwas unaufgeräumt.»

Von ihren religiösen Überzeugungen, dem zuletzt wohl eigentlichen Fundament, auf dem *Bewahrung, Mitgefühl* und *Entschlossenheit* ruhten, machte die Gräfin selten etwas öffentlich. Als es 1995 aber um den Kruzifix-Streit ging, endete eine ihrer Glossen doch so:

> «Als ich 1945 in Ostpreußen aufbrach und sieben Wochen im Flüchtlingsstrom, der nicht viel anders aussah als der heutige im ehemaligen Jugoslawien, gen Westen zog, habe ich in dieser existenziellen Situation ein Kruzifix in der Satteltasche mitgeführt. Nicht als Fetisch, sondern als Zeichen der Zuversicht und um der Hoffnung willen.»

Die verbotene Musik
(Gregorio Allegri)

20

Es gibt wenige Komponisten, die durch nur ein einziges Musikstück in die Geschichte der Kunst eingegangen sind. Ein solcher Komponist ist der Römer Gregorio Allegri (1582–1652). Das Stück, dessentwegen er zur Legende wurde, dauert je nach Aufführungspraxis zwischen elf und zwölf Minuten. Es erfordert zwei Chöre zu jeweils vier bzw. fünf Stimmen, die sich wechselweise Psalmverse zusingen und sich erst beim letzten Vers zu einem vollen, neunstimmigen Finale vereinigen.

Diejenigen, denen das «Miserere» zugedacht war, die römischen Päpste, erkannten sofort den einzigartigen Wert des Stückes. Die kunstsinnigen Nachfolger Petri ließen seine Aufführung alljährlich in der Karwoche als vatikanisches Ritual zelebrieren und hüteten es wie einen Augapfel. Bei Strafe der Exkommunikation durfte das Stück an keinem anderen Ort der Erde aufgeführt werden, durfte kein Chorsänger die Noten weitergeben oder abschreiben.

Selbst beim erstmaligen Hören ist das Stück, das bis 1870 alljährlich im Vatikan aufgeführt wurde (und heute wieder aufgeführt wird), von überwältigender, ergreifender Wirkung. Der Text ist eine flehentliche Bitte um Erbarmen, Reinigung, göttliche Gnade. Auf einem immer gleichen, schlichten harmonischen Fundament erhebt sich wie eine lang schweifende

Fahne die Sopranstimme, die – von Mal zu Mal reicher verziert – sich in höchste Höhen erhebt. Es läuft einem kalt den Rücken herunter.

Bis in das Jahr 1770 dürfte das päpstliche Verbot auch mehr oder weniger befolgt worden sein (wenn auch bekannt ist, dass der Papst selbst einigen gekrönten Häuptern Abschriften des Werkes zum Geschenk machte) – bis zu dem Frühlingstag, an dem ein 14-jähriger Junge in Begleitung seines Vaters die Ewige Stadt betrat: Der Junge hieß Wolfgang Amadeus Mozart und befand sich sozusagen auf Akquisitionsreise. Der Glanz des Wunderkind-Daseins ließ nach, die Einnahmen, auf die der Vater hoffte, ließen auf sich warten. Der junge Mann brauchte eine Anstellung, mindestens aber Aufträge.

Natürlich wussten Vater und Sohn Mozart von dem geheimnisvollen «Miserere»; sie ließen sich die Gelegenheit nicht entgehen und begaben sich am Mittwoch der Karwoche 1770 um vier Uhr in der Frühe zur «Dunklen Mette» in die Sixtinische Kapelle.

Was sie sahen, machte schaudern: Die ganze Kirche war schwarz verhängt. Der Papst und seine Priester knieten im flackernden Lampenlicht des «Mettenleuchters». Nach und nach wurden die Lichter gelöscht. Dazu erklang der entrückte Kastratengesang der päpstlichen Choristen – das «Miserere». Wie er auf Mozart wirkte, ist nicht überliefert, nur dies, was seine Schwester Nannerl in einem Brief festhielt:

> «… so nahm sich der Sohn vor, solches wohl zu hören, und dann aufzuschreiben, daß geschahe auch, wie er nach Hause kam, schrieb er es auf, den folgenden tag gieng er wieder

> hin, hielt seinen aufsatz in hut, um zu bemerken, ob er es getrofen oder nicht. Allein es wurde ein anderes Miserere gesungen. Am Charfreytag hingegen wurde das erstere abermahl wiederhohlet. nachdem er nach Hause kam, machte er da und dort eine Ausbesserung, dann war es fertig. Daß wurde nun bald in Rom bekannt, Er muste es in einer academie beym Clavier singen, der Castrat christofori, der es in der Capella sang war zugegen.»

Vater Leopold Mozart berichtete seiner Frau von den Schutzmaßnahmen um das Stück, um dann triumphierend hinzuzufügen: «Allein wir haben es schon. Der Wolfgang hat es schon aufgeschrieben, und wir werden es mit nach Hause bringen.»

Das Bravourstück des jungen Mozart trug viel zum Mythos um Allegris Werk bei. Keiner der großen Romreisenden im 18. und 19. Jahrhundert wollte sich das Stück entgehen lassen – nicht Goethe, nicht Madame de Staël und auch nicht Felix Mendelssohn-Bartholdy, der 1831 begeistert berichtete:

> «Es ist eine Todtenstille in der ganzen Capelle während dieses [schweigend gebeteten] pater noster; darauf fängt das Miserere mit einem leisen Accord der Stimmen an, und es breitet sich dann aus in die beiden Chöre … nach der Stille kommt nun ein schön gelegter Accord; das thut ganz herrlich; man fühlt recht innerlich die Gewalt der Musik …»

Papst Clemens XIV., der von dem Aufruhr hörte, den Mozarts Kopie in der römischen Gesellschaft auslöste, reagierte weise und gut: Er exkommunizierte Mozart nicht etwa; der Papst ernannte den 14-Jährigen kurzerhand zum «Ritter vom Goldenen Sporn». Mozart machte freilich von der hohen Ehre wenig Gebrauch.

Der SS-Mann Gottes
(Kurt Gerstein)

Das «Badehaus» in Bełżec, zu dem eine Birkenallee führte, war allerliebst anzusehen; ein kleines Treppchen führte zu seinem Eingang hinauf. Es war, wie der Zeuge ausdrücklich vermerkt, mit Geranien geschmückt. Auf dem Dach befand sich ein Davidsstern. Eine Inschrift wies das Bauwerk als «Heckenholt-Stiftung» aus. Heckenholt – so stellte sich heraus – war der Name eines unbegabten Technikers und Chauffeurs, der am Bełżecer Badehaus eine Dieselmotoranlage zur Vergasung von Juden, Zigeunern, «Untermenschen» und «Subjekten» betrieb.

> «Nach 2 Stunden 49 Minuten – die Stoppuhr hat alles wohl registriert! – springt der Diesel an. Bis zu diesem Augenblick leben die Menschen in diesen vier Kammern, viermal 750 Menschen in viermal 45 Kubikmeter! – Von neuem verstreichen 25 Minuten. Richtig, viele sind jetzt tot. Man sieht das durch das kleine Fensterchen, in dem das elektrische Licht die Kammer beleuchtet. Nach 28 Minuten leben nur noch wenige. Endlich, nach 32 Minuten ist alles tot! –
>
> Von der anderen Seite öffnen Männer vom Arbeitskommando die Holztüren. Man hat ihnen – selbst Juden – die Freiheit versprochen und einen gewissen Promillesatz von allen gefundenen Werten für ihren schrecklichen Dienst.

Wie Basaltsäulen stehen die Toten aufrecht aneinandergepresst in den Kammern. Es wäre auch kein Platz, hinzufallen oder auch nur sich vornüber zu neigen. Selbst im Tode noch kennt man die Familien. Sie drücken sich, im Tode verkrampft, noch die Hände, so dass man Mühe hat, sie auseinanderzureißen, um die Kammern für die nächste Charge freizumachen. Man wirft die Leichen, nass von Schweiß und Urin, kotbeschmutzt, Menstruationsblut an den Beinen, heraus. Kinderleichen fliegen durch die Luft.

Man hat keine Zeit, die Reitpeitschen der Ukrainer sausen auf die Arbeitskommandos. Zwei Dutzend Zahnärzte öffnen mit Haken den Mund und schauen nach Gold.»

Der Mann muss sehr genau durch «das kleine Fensterchen» hindurchgesehen haben. Sein Bericht glänzt durch Genauigkeit im Detail. Draußen, vor dem Badehaus, warten Tausende von anderen, «im Freien nackt. Man sagt mir: ‹Auch im Winter genauso!› – Ja, aber sie können sich ja den Tod holen, sage ich. – ‹Ja, grad for das sinn se ja doh!›, sagt mir ein SS-Mann darauf in seinem Platt.»

Am Morgen dieses Tages war ein erster von mehreren Eisenbahntransporten aus Lemberg eingetroffen:

«45 Waggons mit 6700 Menschen, von denen 1450 schon tot waren bei ihrer Ankunft. Hinter den vergitterten Luken schauten, entsetzlich bleich und ängstlich, Kinder durch, die Augen voller Todesangst, ferner Männer und Frauen. Der Zug fährt ein: 200 Ukrainer reißen die Türen auf und peitschen die Leute mit ihren Lederpeitschen aus den Waggons heraus. Ein großer Lautsprecher gibt die weiteren Anweisungen: Sich ganz ausziehen, auch Prothesen, Brillen usw. Die Wertsachen am Schalter abgeben, ohne Bons oder Quittung … Dann die Frauen und Mädchen zum Friseur, der mit zwei, drei Scherenschlägen die ganzen Haare abschneidet und sie in Kartoffelsäcken verschwinden lässt.

‹Das ist für irgendwelche Spezialzwecke für die U-Boote bestimmt, für Dichtungen oder dergleichen!›, sagt mir der SS-Unterscharführer, der dort Dienst tut.»

Der Mann, der das alles sah und der einen der erschütterndsten Berichte über das, was im Jahr 1942 in den Konzentrationslagern im Osten geschah, verfasste, war SS-Mann und gewissermaßen dienstlich vor Ort. Sein Name: Kurt Gerstein. Sein Rang: SS-Obersturmbannführer. Das entsprach im Rang einem Oberstleutnant; Kappler, der Besetzer Roms, und Eichmann waren ebenfalls Obersturmbannführer. Kurt Gerstein war Chef der SS-Abteilung «Gesundheitstechnik». Sein Auftrag bei der Dienstreise nach Bełżec bestand darin, nach einer «besseren und schnelleren Sache» zu suchen, mit der man die Vergasung durch Dieselmotoren ersetzen konnte.

Liest man den «Gerstein-Bericht», so kommt man an eine Stelle, an der man irritiert einhält:

«Eine Jüdin von etwa 40 Jahren, mit flammenden Augen, ruft das Blut, das hier vergossen wird, über die Mörder. Sie erhält 5 oder 6 Schläge mit der Reitpeitsche ins Gesicht vom Hauptmann Wirth persönlich, dann verschwindet auch sie in der Kammer. Viele Menschen beten. Ich bete mit ihnen, ich drücke mich in eine Ecke und schreie laut zu meinem und ihrem Gott. Wie gerne wäre ich mit ihnen in die Kammer gegangen, wie gerne wäre ich ihren Tod mitgestorben. Sie hätten dann einen uniformierten SS-Offizier in ihren Kammern gefunden – die Sache wäre als Unglücksfall aufgefasst und behandelt worden, sang- und klanglos verschollen. Noch also darf ich nicht.»

Was ist das? Ein entsetzlicher Missgriff? Eine Verhöhnung der Opfer durch den Henker? Nehmen wir für einen Augenblick an, Gerstein, der sich als Widerständler begriff und immer wieder betonte, seine Hände seien «rein», habe recht – wie kommt es dann, dass einer zugleich christlicher Widerständler und leitender SS-Mann sein kann? In seinem Bericht, den Gerstein im Mai 1945 im Rottweiler «Hotel zum Mohren» verfasste, gibt er folgenden Grund an:

> «Als ich von der beginnenden Umbringung der Geisteskranken in Grafeneck und Hadamar und andernorts hörte, beschloss ich, auf jeden Fall den Versuch zu machen, in diese Öfen und Kammern hineinzuschauen, um zu wissen, was dort geschieht. Dies umso mehr, als eine angeheiratete Schwagerin – Bertha Ebeling – in Hadamar zwangsgetötet wurde.»

Gibt es das – einer, der in die SS eintritt und dort Karriere macht, nur um «in diese Öfen und Kammern hineinzuschauen», um zum Augenzeugen zu werden, die Welt zu warnen und Schlimmeres zu verhüten?

Bis heute gibt es viele, die Kurt Gerstein (1905–1945) für eine zumindest zwiespältige, wenn nicht gar schizophrene Persönlichkeit halten. Es gibt aber auch etliche, die ihm Glauben schenken, darunter der Dramatiker Rolf Hochhuth, der Gerstein in fiktionaler Erweiterung zum Kronzeugen gegen den «Stellvertreter» Papst Pius XII. machte, die jüdischen Autoren Saul Friedländer und Pierre Joffroy und der griechische Filmemacher Costa-Gavras.

War Gerstein am Ende der verrückteste, der ungewöhnlichste, der kühnste unter allen Widerständlern? Derjenige, der das meiste gewagt, der sich am tiefsten in die Hölle begeben hatte? Wir werden es nie erfahren. Es lassen sich aber einige Dinge zusammentragen, die nachdenklich machen.

Unmittelbar nach den Erfahrungen Gersteins in Bełżec und Treblinka führte ihn der Zufall während einer Zugreise mit dem schwedischen Gesandtschaftsrat Göran von Otter zusammen, den er aus dem Stand mit seinem ungeheuerlichen Augenzeugenbericht überfällt und den er dringend bittet, doch ja alles zu unternehmen, den Westen vom großen Morden in Kenntnis zu setzen. Nach dem Krieg schildert von Otter die Begegnung:

> «Ich bot ihm eine Zigarette an. Er dankte, gab Feuer und fragte im gleichen Atemzug, ob er mir eine schlimme Geschichte erzählen dürfe.
>
> ‹Geht es um die Juden?›
>
> ‹Ja, um die Juden, die im Osten umgebracht werden.›
>
> Gerstein war nur mit Mühe zu bewegen, leise zu sprechen. Er schluchzte und schlug die Hände vors Gesicht. Ich dachte, er wird diese Gewissensqualen nicht mehr lange aushalten. Er wird sich verraten, und sie werden ihn dann verhaften.»

Baron von Otter fragte ihn nach einer Referenz, damit er ihm glauben könne. Gerstein nannte ihm den schon damals berühmten ehemaligen Generalsuperintendenten der evangelischen Kirche, Otto Dibelius. Das Mitglied der Bekennenden Kirche hatte Kurt Gerstein und seine Frau 1937 getraut. Baron von Otter versicherte sich bei Dibelius, dass Gerstein in der Tat eine führende Rolle in der evangelischen Jugendbewegung gespielt hatte, und unternahm alles, um die schwedische Regierung auf die Konzentrationslager hinzuweisen. Wie ein schlechter Witz klingt es, dass man dort die Nachricht für «zu brisant» hielt, um sie an einen der kriegführenden Staaten weiterzuleiten.

Unterdessen ließ Gerstein keine Gelegenheit verstreichen, um die Nazigräuel in der Welt bekannt zu machen. So traf er im Frühjahr 1943 den Niederländer Ubbink, einen Widerständler, mit dem er seit Jahren im Kontakt stand, und beschwor ihn, die KZ-Gräuel im Widerstand publik zu machen und die Informationen per Funk auch nach London weiterzuleiten. Vergeblich versuchte Gerstein beim päpstlichen Nuntius in Berlin vorzusprechen; aber man ließ (aus vielleicht begreiflichen Gründen) den SS-Mann gar nicht erst vor, ein Umstand, den Hochhuth später für seinen Angriff auf den «Papst, der wegsah» verwendete.

Bei seinen ehemaligen Freunden von der Bekennenden Kirche fand Gerstein nicht recht Gehör. Zwar schenkte man seinen Berichten bis zu einem gewissen Grade Glauben, leitete sie auch an die schwedische Kirche weiter, wollte aber die evangelischen Christen in Deutschland «nicht beunruhigen».

Gerstein selbst verzieh man den Einstieg bei der SS nicht; man rechnete ihn auf die Seite der Täter, machte *ihn* (anstelle der Sache, um die es ging) zum «Problem». Saul Friedländer brachte es auf den Punkt: «Man klagt ihn an, weil er es nicht wie die große Mehrzahl der ‹guten› Deutschen gemacht hat – ruhig zu warten, bis alle Juden tot waren.»

Der Weg Gersteins in die SS ist merkwürdig genug. Er hat sehr private Seiten, aber er hat auch etwas mit einer konstitutionellen Schwäche des Staatskirchengedankens zu tun, in dem die «Obrigkeit» zunächst einmal eine Art gottgegebene Größe ist, mit der man sich zu arrangieren hat. Wie viele andere evangelische Christen versuchte der begeisterte und charismatische, in der Bibelbewegung und dann in der Bekennenden Kirche engagierte Jugendführer eine positive Haltung zum heraufkommenden Nationalsozialismus zu gewinnen. So schrieb er in einem Brief aus dem Jahr 1933 an seinen Freund Egon Franz:

> «So fest wie möglich auf dem Boden des Nationalsozialismus stehen (z. B. speziell bei mir: an der geistigen Arbeit zur nationalsozialistischen Durchdringung der Wirtschaft mitkämpfen). Aber unter allen Umständen sich zäh anklammern an die Bekenntnisgrundlagen der Kirchen und da – ohne Rücksicht auf irgendeine äußere Macht oder auch Entwicklung … nicht auch nur um Fingerbreite nachgeben.»

Früher als andere erkannte Gerstein den dämonischen und antichristlichen Kern des Nazitums. Beherzte Aktionen führten zum Ausschluss aus der NSDAP, schließlich zu mehreren Verhaftungen und zu einem mehrwöchigen Aufenthalt im Konzentrationslager Welzheim «wegen staatsfeindlicher Aktionen».

Gerstein verschwieg diese Fakten, als er 1941 bei der SS um Aufnahme ersuchte. Als die Dinge ans Licht kamen, hatte sich

Gerstein aufgrund seiner technischen Fähigkeiten schon so unentbehrlich gemacht, dass die SS-Leitung ihn deckte. Man strich seine Vergangenheit einfach aus den Akten. Gerstein wurde in der SS zum «Desinfektions-Fachmann». Seine Beschäftigung mit dem berüchtigten Zyklon B war es, die ihn nach Bełżec und Treblinka führte – mitten in das Herz der Hölle.

Verzweifelt versuchte Gerstein, glaubwürdig zu machen, dass er durch Akte der Sabotage, der Fehllieferung und Unschädlichmachung von Giftsendungen dazu beigetragen habe, das Morden einzuschränken. Seine Aussagen wurden nach dem Krieg durch unverdächtige Zeugen bestätigt – auch die, dass er Menschen durch gefälschte Ausweise zu SS-Angestellten machte und ihnen dadurch zur Flucht verhalf, wobei er selbst Kopf und Kragen riskierte. Die französischen Behörden, die Gerstein als Kriegsgefangenen ins Pariser Gefängnis «Cherche-Midi» brachten, klagten ihn als Kriegsverbrecher an. Am Morgen des 25. Juli 1945 fand man Kurt Gerstein – erhängt am Fensterkreuz seiner Zelle.

Solo für Shayna
(Shayna Richardson)

Der 9. Oktober 2005 sollte der große Tag für die 21-jährige Shayna Richardson werden. Seit Mai des Jahres hatte sie sich einen Traum erfüllt, hatte in einer Fallschirmspringerschule Unterricht genommen und sich systematisch auf ihren ersten Solo-Absprung vorbereitet, einen «190er», wie die Insider sagen. Gemeint ist ein Sprung, der unter einem 190-square-foot-Fallschirm stattfindet, einem Schirm also, der etwa 17,7 Quadratmeter groß, besser gesagt: klein ist. Denn ein «190er», das ist eigentlich etwas für gestandene «Skydiver» – Himmelstaucher, wie sich die Fallschirmspringer lieber nennen.

Das, was die Zuschauer am Boden fasziniert, das Ziehen der Reißleine und die «Kappe» auf den letzten 800 bis 1000 Metern, ist ihnen nicht so wichtig. Sie lieben das Gefühl, mit angewinkelten Beinen und Armen schwerelos zwischen Himmel und Erde zu gleiten, eben zu «tauchen».

Wenn man von einer normalen Flughöhe von etwa 4000 Metern ausgeht, bleibt man bei einer Geschwindigkeit von 180 bis 200 km/h etwa eine Minute lang im freien Fall. Das ist der Kick, den die Skydiver immer wieder suchen. Aber man möchte ja auch wieder heil unten ankommen; deshalb gibt es da auch noch einen Fallschirm.

Wie es sich gehört, hatte Shaynas Lehrer eine Kamera (und für den Sprung sogar eine Helmkamera) dabei, um den großen Tag zu dokumentieren. Die junge Frau blickt etwas aufgeregt in die Linse, als sie ihr kühnes Vorhaben ankündigt. Doch dann setzt sie ein bezauberndes Lächeln auf, winkt noch einmal und steigt in das Flugzeug.

An diesem Morgen lacht die Sonne über dem Absprungplatz Siloam Springs im US-Bundesstaat Arkansas. Bald hat das Flugzeug die vorgeschriebene Absprunghöhe erreicht. Luftig ist es dort oben im offenen Flieger – die Ausrüstung, deren korrekter Sitz vom Fluglehrer einem letzten Check unterzogen wird, knattert im Wind. Luftig ist es und laut; man kann sein eigenes Wort nicht verstehen. Nur noch Sekunden sind es bis zum Absprung. Shayna klopft das Herz bis zum Hals. Fallschirmspringen, sagt sie sich, ist nicht gefährlicher als Autofahren. Der Fluglehrer gibt ihr ein Zeichen. Shayna springt kopfüber in das Abenteuer.

Unter normalen Umständen hätte Shayna Richardson von diesem Moment an noch gut eine Minute zu leben gehabt. Es passiert, was in der Fallschirmspringer-Fachsprache «Double-Malfunction» heißt. Später wird sie sagen: «Die Chance, dass so etwas passiert, steht eins zu einer Million.» Aber daran denkt sie jetzt nicht. Shayna Richardson genießt das Gefühl des freien Falls.

Dann sieht sie auf dem Höhenmeter an ihrem Armband, dass sie die richtige Höhe hat. Sie zieht an der Leine und löst den Hauptschirm aus. Aber der verheddert sich und kann sich nicht richtig öffnen. Die Kamera fängt auf, wie Shayna in einem wilden Trudeln der Erde entgegenstürzt. Der Film hält auch den entsetzten Schrei des Instruktors fest. Doch Shayna weiß genau, was jetzt zu tun ist. Sie trennt den Hauptschirm ab und öffnet die Reserve. Aber was ist das? Der Reserveschirm – er öffnet sich genauso unzureichend wie der Hauptschirm. Shayna stürzt unkontrolliert in Richtung Erde.

Obwohl es nur noch Sekunden bis zum Aufprall sind, zieht sich die Zeit. Mit einem verzweifelten Gebet bestürmt Shayna den Himmel, aus dem sie gerade herausfällt: «Bitte mach, dass es nicht weh tut!» Und dann schlägt sie auf einem Parkplatz auf, mit dem Gesicht zuerst.

Ihr Instruktor landet Sekunden später, ganz in ihrer Nähe. Und er sieht etwas Unglaubliches: Die junge Frau bewegt sich. Benommen, unter Schock, rafft sie sich auf, will sogar weglaufen. Sofort ist der Instruktor bei ihr, nimmt sie in den Arm, spricht ihr beruhigend zu. Augenzeugen stürzen herbei. Ein Notarzthubschrauber ist angefordert und schnell zur Stelle. Man bringt Shayna in die nächste Klinik.

«Alles zerbrach wie eine Eierschale», erzählt Shayna später, «meine Hüfte, meine Beine ...»

Sechs Zähne hat sie verloren. Das zweimal gebrochene Becken wird fixiert. Fünfzehn Stahlplatten und Stahlteile setzen ihr die Chirurgen allein im Gesicht ein. Sie leisten hervorragende Arbeit: Shayna ist nicht entstellt. Bei einem Fernsehinterview sagt sie: «Das habe ich alles dem lieben Gott zu verdanken!»

Shayna Richardson hat allen Grund zu danken. Wären nicht tausend Schutzengel um sie gewesen, hätte der Unfall vom 9. Oktober 2005 nicht *ein,* sondern *zwei* Leben ausgelöscht. Im Krankenhaus machten die Ärzte nämlich eine verblüffende Entdeckung, von der Shayna keine Ahnung hatte: Ihr Sprung in Siloam Springs war nicht wirklich ein Solo. Die junge Frau war in der zweiten Woche schwanger. Und wenn schon Double-Malfunction, dann auch Doppelwunder: Dem Kind in Shaynas Leib ging es sehr gut.

Das Zeichen von Dresden
(Karl-Ludwig Hoch)

Am Morgen des 15. Februar traute sich der 15-jährige Karl-Ludwig Hoch hinaus auf die Terrasse seines Elternhauses am Dresdner Elbhang. Hinter dem Jungen lag eine zweite fürchterliche Nacht. 773 Lancaster-Bomber der Royal Air Force hatten in der Nacht vom 13. auf den 14. Februar in zwei nicht enden wollenden Angriffswellen eine der schönsten Städte Europas in ein einziges Flammeninferno verwandelt. Den Piloten hatte man gesagt, es gehe um die Zerstörung eines Giftgaswerkes, um die Gestapo-Zentrale, den Verkehrsknotenpunkt. Die Menge der Bomben wollte allerdings nicht zu den Einsatzzielen passen:

650.000 Brandbomben regneten auf die Stadt nieder, darunter etwa 100 mit einem Gewicht von 1800 bis 3500 Kilo. Und als ob das nicht genug gewesen wäre, kamen am nächsten Tag auch noch die «fliegenden Festungen» der US Air Force zum Einsatz, die noch einmal 771 Tonnen Bomben auf die kokelnde Brandwüste warfen.

Jagdflieger fielen über Flüchtlingstrecks auf den Elbwiesen und über einzelne Menschen her, die auf Ausfallstraßen aus der brennenden Stadt flohen. Dresden war wehrlos; die Flakbatterien hatte man an die Westfront geschafft (was so aussah wie Abwehrwaffen, waren Attrappen aus Holz). Wie viele Menschen in diesen beiden Nächten starben, weiß man bis heute nicht. Schätzungen bewegen sich zwischen 35.000 und 60.000 Opfern. Man weiß nur, dass sich, als die Bomber kamen, etwa eine Million Menschen in Dresden aufhielten, unter ihnen viele Flüchtlinge aus Schlesien.

Rauchschwaden verhüllten die noch brennende Stadt. Eine erschreckende Stille lag über allem: Es war kurz nach neun Uhr, als der 15-jährige Karl-Ludwig Hoch seiner Mutter, die im Haus geblieben war, zurief: «Mutti, die Frauenkirche steht!» Die Mutter gehörte der Bekennenden Kirche an, und die Frauenkirche hatte für die Hochs eine besondere Bedeutung: «Das war die Kirche der Aufrechten und Tapferen, während andere deutsche Christen nazihörig waren, nach dem Motto: ‹Kreuz und Hakenkreuz›.»

Rasch lief Karl-Ludwig ins Haus, holte eine Kamera und fertigte ein Bild davon an – gerade noch rechtzeitig. Es dauerte eine Stunde, da erschütterte ein dröhnender Schlag die Stadt. Es begann mit einem leisen Knistern; dann hielt nichts mehr die ausgeglühte Kuppel der Frauenkirche: Sie sank krachend in sich zusammen. Als sich die Staubwolke über dem Schutt verzogen hatte, sah man keine Frauenkirche mehr. Was von ihr blieb, hielt Hoch als Zeichnung in seinem Tagebuch fest.

Fast genau 45 Jahre nach diesen schrecklichen Ereignissen, am 13. Februar 1990, war es eben jener Karl-Ludwig Hoch, mittlerweile 61 Jahre alt und Pfarrer der Evangelischen Landeskirche, der einen Brief an die Welt entwarf, den «Ruf aus Dresden». Zusammen mit einigen Freunden stieß auch er ein überaus kühnes Projekt an: «Wir rufen auf zu einer weltweiten Aktion des Wiederaufbaues der Dresdener Frauenkirche zu einem christlichen Weltfriedenszentrum im neuen Europa.»

Unterschrieben war der Aufruf an führender Stelle von dem Trompeter Ludwig Güttler, dem Physiker Manfred von Ardenne, dann von Architekten, Kirchenleuten, Kunsthistorikern.

So sehr der Aufruf spontane Begeisterung auslöste, so sehr erntete er Kritik: Das sei nun das Letzte, was Dresden jetzt brauche. Es sei zynisch, Millionen an eine Ruine zu verschwenden, wo es nicht genügend Wohnraum gebe in der Stadt und es in Dorfkirchen hineinregne. Aber Karl-Ludwig Hoch ließ sich nicht beirren. Er fühlte eine besondere Art von Auftrag in sich. Dieser entstand am Sterbebett eines berühmten Dresdners.

Im Sommer 1988 hatte Karl-Ludwig Hoch den 89-jährigen Kunstwissenschaftler Fritz Löffler ein letztes Mal besucht. Sie hatten von der Frauenkirche gesprochen – und von einem Traum, der beide Männer (wie viele andere alte Dresdener) bewegte: Man müsste sie ... *wiederaufbauen!* Die schönste Kirche der evangelischen Christenheit. Die schönste Sandsteinkirche der Welt, mit der größten Kuppel nördlich der Alpen.

Beide waren Realisten und wussten, dass es dazu in der DDR nicht die geringste Chance gab. Über Jahrzehnte hatte der Kunsthistoriker Hans Nadler gerade einmal verhindern können, dass die DDR-Behörden auch die Kirchenruine, die ihnen ein Dorn im Auge war, abrissen.

Löffler ließ nicht locker: Wenn sich doch einmal die Chance dazu bieten würde – man könne ja nie wissen –, dann müsste einer da sein, der sie sofort ergreift. Hoch wusste genau, was der sterbende alte Mann meinte. «Bei Gott ist kein Ding unmöglich», dachte sich Hoch und versprach es Löffler in die Hand. Er ahnte nicht, dass sich die Verhältnisse innerhalb kürzester Zeit fundamental verändern würden ...

Und dann begann das, was sehr viele als das «Wunder von Dresden» bezeichneten. Innerhalb von wenigen Jahren gelang es der Bürgerinitiative, 600.000 Menschen in aller Welt zu bewegen, umgerechnet rund 100 Millionen Euro für den Wiederaufbau zu spenden. Und was waren das für Spenden! Der Trompeter Güttler legte sich mit Feuereifer ins Zeug und sammelte Millionen mit seinen Konzerten. Hochs Sohn Hans-Christian, auch er einer der ganz Engagierten, erinnert sich:

«Sein Chauffeur brachte das Geld direkt in unser Pfarrhaus. So viel Westgeld hatten wir noch nie auf einem Haufen gesehen. Es wurde auf Porzellantellern gesammelt, in Tüten sortiert. Wir haben bald jedes Gefäß, das wir im Haus hatten, dafür verwendet. Das war der absolute Wahnsinn!»

Der Vater assistiert: «Meine Frau ist mit dem Geld auf das Fahrrad gestiegen und hat es zur Bank gebracht. Da gab es ja den Polizeistaat noch, da wurde niemand überfallen.»

Kinder plünderten – wie der *Stern* schrieb – Sparschweine, Witwen überwiesen ihr Erbe. Unternehmer arbeiteten kostenlos, Bäcker verkauften «Frauenkirchenbrot». Als dem deutschamerikanischen Mediziner Günther Blobel der Medizin-Nobelpreis zuerkannt wurde, überwies der zusammen mit Spenden eines eigens in den USA gegründeten Freundeskreises den größten Teil seines Preisgeldes, insgesamt 1,8 Millionen Euro, auf das Frauenkirchenkonto. Eine anonyme Besucherin, die Hans-Christian Hoch 1999 durch die Baustelle führte und anschließend zum Kaffee einlud, hinterließ einen Scheck über eine Million DM.

Noch wunderbarer die Reaktionen im Ausland: Der britische «Dresden Trust» überwies 700.000 Pfund für den Wiederaufbau. Der Pole Marian Sobkowiak sammelte in seiner Heimatstadt für die Frauenkirche und gab eine der Flammenvasen auf dem Turm bei polnischen Steinmetzen in Auftrag. Sobkowiak, muss man wissen, ist ein überlebender polnischer Widerstandskämpfer, dessen zwölf Freunde 1942 unweit der Frauenkirche hingerichtet wurden.

Der Goldschmied Alan Smith, der Sohn eines englischen Bomberpiloten, fertigte im Auftrag der britischen Förderergesellschaft das acht Meter hohe Kuppelkreuz: «Für mich und meine Familie bedeutet das, Entschuldigung zu sagen. Mein Vater hat die Zerstörung nie verwunden.»

Ein solches Wort wird Karl-Ludwig Hoch gerührt haben. Dass Frieden denkbar, Versöhnung möglich ist, dass Wunden wieder geheilt werden können, überstrahlt alles, selbst die unerhörten Leistungen Hunderter von Handwerkern, Ingenieuren, Künstlern, die nach Art einer mittelalterlichen Bauhütte das Werk grandios vollendeten.

Das wirkliche «Wunder von Dresden», wird er sich denken, das viele jetzt an Spenden- und Baurekorden, an Steinen, Farben und Formen festmachen, fand in den Herzen statt, oder wie es Bundespräsident Köhler bei der Weihe formulierte: «Wer die Zuversicht verloren hat, der lernt sie wieder beim Anblick der Frauenkirche.»

24 Beduinische Schatzsuche

(Khalil Iskander Schahin)

Jungs interessieren sich nicht sonderlich für Politik. Sie wollen spielen, Abenteuer erleben. So war es immer, so war es auch in den Jahren 1946 und 1947 im britischen Protektorat Palästina. Die Beduinenjungen, die im glühenden Bergland rund um das Tote Meer durch Höhlen kraxelten und «Schatzsuche» spielten, ahnten nichts davon, dass sie sich mitten in einem politischen Brennpunkt befanden. Sie wussten auch nichts von den schwierigen Verhandlungen der Vereinten Nationen, die sich, noch unter dem lebendigen Eindruck der Holocaust-Tragödie, unter größten Mühen anschickten, aus dem Protektoratsgebiet einen unabhängigen jüdischen Staat zu gestalten.

Jungs wollen keinen Staat gründen; sie wollen Schätze entdecken – am besten, sie sind auch noch vergraben und es ist gefährlich, sie zu heben. Für drei Beduinenjungen wurde dieser Traum Wirklichkeit.

War es nun beim Spielen, bei der Suche nach antiken Tonscherben, die sich an Liebhaber solcher Fundstücke verkaufen ließen, beim Ziegenhüten (kaum glaubhaft in dem glühenden Karstgelände) oder beim Verstecken von Schmugglerware – jedenfalls machten drei Jungen aus dem Stamm der Ta'amireh in einem schwer zugänglichen Felsgelände, 1,3 km von Chirbet Qumran am Nordwestufer des Toten Meers entfernt, eine merkwürdige Entdeckung. Später sollte man von der größten archäologischen Sensation des 20. Jahrhunderts sprechen. Die jungen Beduinen Muhammed edh-Dhib («der Wolf»), Jum'a Muhammed und Khalil Musa machten «1Q» ausfindig, die erste von bislang insgesamt elf Höhlen von Qumran.

Muhammed edh-Dhib, «der Wolf» – so will es der Geist der orientalisch anmutenden Erzählung –, habe einen Stein in eine Höhlenöffnung geworfen und dabei ein sonderbares Geräusch wie von klirrenden Scherben vernommen, als würde ein Tongefäß zerschlagen. An diesem Tag sei es zu spät gewesen, um noch Nachforschungen anzustellen.

Der jüngste der Beduinen habe sich dann in der Nacht aber doch noch einmal zu der Höhle geschlichen und sich mühsam durch den Eingang gezwängt, wobei er ins Höhleninnere gefallen und direkt neben einem zertrümmerten Tongefäß gelandet sei, woraus sich ja auch das Geräusch beim Steinwurf erklärte.

Glaubhafter ist die Variante, dass die Hirtenjungen am darauf folgenden Morgen zur Höhle zurückkehrten und einen von ihnen in gemeinsamer Arbeit zum Höhlenboden abseilten – er liegt immerhin drei Meter unterhalb der Höhlenöffnung.

Was sich dem Auge des Beduinen im schummrigen Licht der Höhle darbot, roch nach «Schatz»: Aufgereiht wie Orgelpfeifen standen 45 etwa 60 Zentimeter hohe Krüge an der Höhlenwand. Irgendjemand musste hier vor langer Zeit etwas Kostbares beiseitegeschafft haben. Münzen? Geschmeide? Gold?

Man kann sich die Enttäuschung des Jungen vorstellen, als er entdeckte, dass sich nichts dergleichen in den Krügen befand. Stattdessen fand er nur alte, verklebte Lederrollen. Nichts Brauchbares also. Trotzdem nahm Muhammed edh-Dhib einige von den Rollen mit ans Tageslicht. Die Jungen lösten die Ummantelung aus Leinen von den Rollen, breiteten sie aus und fanden sie übersät mit geheimnisvollen schwarzen Schriftzeichen.

Eine der vier Rollen war fast acht Meter lang. Mit Ausnahme der Tonkrüge wussten die Beduinen mit dem Fund nichts anzufangen. Es wird nie mehr zu klären sein, was durch unsachgemäße Behandlung der Schriftrollen zerbrach oder was im Feuer landete. Man erzählt, dass erst der beißende Rauch, der beim Verbrennen einiger der antiken Lederrollen am nächtlichen Lagerfeuer entstand, die Hirten auf die Idee brachte, das Leder an den Dorfschuster von Bethlehem zu verkaufen. Mochte der doch eine bessere Verwendung für den Plunder haben!

Der Schuster von Bethlehem, Khalil Iskander Schahin, besser bekannt unter dem Namen «Kando», ein syrisch-orthodoxer Christ, betrieb neben seinem Handwerk einen florierenden Gemischtwarenladen und hielt sich selbst für einen «Antiquar». Die Beduinen gehörten zu seinen Kunden.

Kando zeigte zunächst wenig Interesse – das Leder schien selbst als Flickmaterial für Schuhe unbrauchbar –, vermittelte dann aber doch einen Kontakt zu Mar Samuel, dem Metropoliten der syrisch-orthodoxen Gemeinde. Die mysteriösen Zeichen auf dem alten Leder hatten ihn auf den Gedanken gebracht, womöglich sei da doch etwas «Archäologisches» aus den Tiefen der Zeit aufgetaucht.

Sein Instinkt sollte ihn nicht trügen. Mar Samuel kaufte Kando die vier Rollen zum Preis von 24 Britischen Pfund ab, die dieser redlich mit den Beduinen teilte. Kein schlechtes Geschäft, dachten sich Kando und seine Freunde!

Während sie sich freuten, nahm die Sensation ihren Lauf. Der

Metropolit eilte zu dem jüdischen Gelehrten Sukenik und gewährte ihm einen Blick auf die Rollen. Der Forscher erkannte sofort den ungeheuren Wert der Fundstücke. Obwohl mittlerweile der Palästinakonflikt voll entbrannt war, schlich sich Sukenik am 29. November 1947 – es war der Tag, an dem die Vereinten Nationen beschlossen, den Staat Israel zu gründen – zu Kando nach Bethlehem, um mehr Material zu kaufen.

Drei weitere Rollen konnte er erwerben. Die anderen Fragmente hatte Kando inzwischen vergraben, aus Angst vor den Behörden, die ein scharfes Auge auf Geschäfte am Rand der Legalität hatten. Als man sie später ausgrub, waren sie so verklumpt, dass sie nicht mehr zu retten waren.

Damit begann die Forschungsgeschichte zu Qumran, die zur Legende wurde und Interesse weckte, weit über die Gemeinde der Forscher hinaus. Qumran wurde zu einem magischen Wort. Seit über fünfzig Jahren geistert es nun durch die Welt.

Geheimnisvolle Höhlen faszinieren nicht nur kleine Jungen, sondern auch ausgewachsene Romanautoren, die immer auf der Suche nach suggestivem Stoff sind. Die Geschichte der Essener – einer mysteriösen Sekte aus der Zeit Jesu, die wohl in Verbindung mit den Fundstücken stand – gibt einen guten Plot ab, und von geheimnisvollen Schriftrollen kann man überhaupt nicht genug bekommen; man raunt von geheimem Wissen, das natürlich unterdrückt wurde, von Diebstahl und Verrat und davon, dass die Kirche die skandalöse Wahrheit von Qumran unter Verschluss halte.

Die Wahrheit ist nüchterner, aber dennoch faszinierend: Die Ausgrabungen von Qumran – obwohl bereits jetzt ein Stück Wissenschaftsgeschichte – halten bis heute an und warten mit immer neuen Überraschungen auf. Aus Tausenden von Fragmenten haben Wissenschaftler inzwischen einen lesbaren Text zusammengestellt. Die Handschriften wurden zwischen etwa 200 v. Chr. und 60 n. Chr. verfasst. Die meisten Texte beziehen sich auf das Alte Testament, nicht wenige betreffen auch speziell die Lehre und Lebensform der Sekte. Sensationelle Enthüllungen über Jesus sind darin nicht zu finden und sind auch in Zukunft nicht zu erwarten – schade für Romanautoren.

Und was wurde aus den Beduinenjungen? Ihre Familien leben noch immer am Toten Meer und haben es zu bescheidenem Wohlstand gebracht. Stolz sind sie – die Nachfahren von Muhammed edh-Dhib («der Wolf»), Jum'a Muhammed und Khalil Musa. Die sieben Rollen aus 1Q sind heute in Jerusalem in einem eigens dafür gebauten Museum, im «Schrein des Buches», ausgestellt und gehören zu den Gründungsmythen des Staates Israel.

Die Nacht auf dem Bahnhof (Mohandas Karamchand Gandhi)

Der junge Mann machte es sich gemütlich im Erste-Klasse-Abteil. Im Morgengrauen würde der Zug in Pretoria, im Landesinneren, ankommen. Doch er hatte die Rechnung ohne den Schaffner gemacht. Der wies dem jungen Mann mit einer unmissverständlichen Geste die Tür. Es kam zu einem Wortwechsel, an den er sich noch Jahrzehnte später genau erinnerte:

«Kommen Sie mit! Sie müssen in einen Transportzug steigen.»

«Aber ich habe eine Fahrkarte erster Klasse», sagte ich.

«Das ist einerlei», entgegnete der andere. «Ich sage Ihnen, Sie müssen in den Gepäckwagen steigen.»

«Ich sage Ihnen, mir wurde in Durban erlaubt, in diesem Abteil zu reisen, und ich bestehe darauf, in ihm zu bleiben.»

«Nein, das werden Sie nicht», entgegnete der Beamte. «Sie müssen dieses Abteil verlassen, sonst muss ich einen Polizisten rufen, um Sie hinauszuwerfen.»

Ein zweiter Schaffner eilte zu Hilfe; sie packten den fein gekleideten Burschen, versetzten ihm einen Tritt in den Rücken. Der junge Mann fiel die Treppe hinunter, stürzte auf die Plattform, rappelte sich wieder auf. Es kam zum Handgemenge. Gebrüllte Wortfetzen hallten durch den Bahnhof. Drohgebärden hinderten ihn am Wiedereinsteigen. Der Zug fuhr weiter. Er blieb zurück, verbrachte die Nacht auf dem Bahnhof, konnte erst am anderen Tag die Reise fortsetzen.

In der modernen Chaosforschung gibt es die Auffassung, der Flügelschlag eines Schmetterlings im Amazonas-Urwald könne in Europa einen Sturm auslösen. Das Ereignis, von dem hier die Rede ist, hat die Flüchtigkeit eines Schmetterlingsflügelschlags:

Ein unbekannter, bis dahin völlig unbedeutender Mensch erlebt an einem unbedeutenden Ort am Rand der Welt in einer fast ereignislosen Zeit eine Lappalie. Und doch ist es eine Episode, von der eine weltgeschichtliche Veränderung ausgeht – jene kalte Winternacht vom 8. auf den 9. Juni 1893, die ein schmächtiger junger Mann von 24 Jahren auf dem Bahnhof der verschlafenen südafrikanischen Provinzhauptstadt Pietermaritzburg verbringt, weil man ihn aus dem Zug geworfen hat, der von der Küstenstadt Durban nach Pretoria fuhr.

Im Juni herrschen eisige Nachttemperaturen im Bergland am Kap; das Thermometer kann bis minus fünf Grad anzeigen. Auch diese Nacht war zu kalt, um es sich auf einer Bank bequem zu machen oder gar zu schlafen. Die Stadt lag im Dunkeln, der Bahnhof war menschenleer.

Mohandas Karamchand Gandhi hatte jede Menge Zeit, um über sein Leben nachzudenken. Er war bis zu diesem Zeitpunkt das, was man einen *Loser* nennt. 1869 in der heutigen indischen Provinz Gujarat als Sohn eines Ministers geboren, galt der kleine Mohandas als schwieriges Kind. Er war sensibel, schüchtern, konnte sich nicht durchsetzen. Seine schulischen Leistungen waren alles andere als zufriedenstellend.

Mit dreizehn Jahren wurde er nach gängiger Praxis zwangsverheiratet (allerdings war die Ehe durchaus nicht unglücklich und hielt 62 Jahre lang). In Bombay besuchte er das College, kehrte aber aus Heimweh bereits nach einem Jahr wieder nach Hause zurück.

Schließlich schickte ihn die Familie nach England, wo Gandhi ein Jurastudium absolvierte. Nach Hause zurückgekehrt, versuchte sich Gandhi als Verteidiger am Gericht, was kläglich scheiterte: Gandhi stand auf, holte aus, stockte, begann zu stottern, bekam – je länger es währte – kaum einen vollständigen Satz aus dem Mund heraus, verstummte nach wenigen Ansätzen.

Schließlich brachte er sich mit dem Verfassen von Briefen und Bittschriften für Analphabeten durch. Aus purem Mitleid erhielt er von einem wohlhabenden Freund der Familie einen Auslandsauftrag: Gandhi sollte für ein Jahr nach Südafrika gehen und dort für den Geschäftsmann einen Rechtsfall übernehmen.

Aus dem einen Jahr wurden 22 Jahre. In Südafrika lebten zu diesem Zeitpunkt etwa 30.000 Inder. Die boomenden Zuckerrohrplantagen brauchten immer mehr Arbeiter, die auf dem lokalen Arbeitsmarkt nicht zu beschaffen waren. So besorgte man sich «Nachschub» aus dem damaligen Britisch-Indien. Die bettelarmen, aber fleißigen und geschickten Inder gerieten gleich in einen doppelten Konflikt:

Sie galten im System der Rassendiskriminierung als nicht ganz weiß und nicht ganz schwarz. Von den Weißen wurden sie wie der letzte Dreck behandelt und von den Schwarzen als Eindringlinge angesehen. Die Inder in Südafrika saßen zwischen allen Stühlen.

In der Nacht vom 8. auf den 9. Juni 1893 rückte dem feinen jungen Mann aus vornehmem Haus die empörende Ungerechtigkeit der Rassenpolitik unmittelbar auf den Leib. Er konnte die Welt nicht mehr von außen, als Zuschauer betrachten. Gandhi *begriff*. Es war dies eine dreifache Geburtsstunde: die Geburtsstunde eines Mannes, die Geburtsstunde einer politischen Praxis, die Geburtsstunde einer Philosophie – und man weiß nicht, welche die bedeutendste war.

> «Ich begann über meine Pflicht nachzudenken. Sollte ich für meine Rechte kämpfen oder nach Indien zurückkehren, oder sollte ich nach Pretoria weiterfahren, ohne mich um die Beleidigungen zu kümmern … Es war Feigheit, nach Indien zu flüchten, ohne meine Verpflichtungen erfüllt zu haben. Die Schwierigkeiten, die ich ertragen hatte, waren gering, sie waren nur ein Symptom der schweren Krankheit des Rassenvorurteils. Ich musste versuchen, wenn möglich diese Krankheit zu heilen …»

Mahatma, «große Seele», würde man ihn später nennen und sich nicht mehr vorstellen können, dass die vielleicht kraftvollste, stärkste, diszipliniertestė und mutigste Persönlichkeit in der jüngeren Geschichte einmal ein hasenherziges, verzagtes, ängstliches und unentschlossenes Wesen war. Nach der Zäsur auf dem Bahnhof von Pietermaritzburg war Gandhi wie ausgewechselt. Er wurde der Mann, der den gewaltlosen Widerstand der Inder in Südafrika organisierte, der Mann, der schließlich Indien in die Freiheit führte und sich dabei von nichts aufhalten ließ, schon gar nicht von Waffengewalt. Fünf Vorsätze hat Gandhi aufgeschrieben, die aus dem Geist jener Winternacht stammen:

Ich will bei der Wahrheit bleiben.
Ich will mich keiner Ungerechtigkeit beugen.
Ich will frei sein von Furcht.
Ich will keine Gewalt anwenden.
Ich will in jedem zuerst das Gute sehen.

Alles, sagt Gandhi, beruht auf *satya* (Wahrheit). Wahrheit ist das Letzte, Wichtigste, Größte. Nur das Wahre hat ein Recht auf Existenz. Mehr noch: Nur *satya* ist. *Asatya* (Unwahrheit) ist eigentlich «nicht vorhanden». *Satya* muss sich aber gegen das Trügerische, den Schein, die Oberfläche dieser Welt durchsetzen. Wenn es Unwahrheit gar nicht gibt, kann sie auch keinen Sieg davontragen. Und wenn Wahrheit «das, was ist» ist, so kann sie niemals vernichtet werden. Das ist Gandhis Lehre von der *satyagraha.*

Es war *satyagraha,* was Webb Miller, ein britischer Augenzeuge, 1930 bei den Salzsiedereien von Dharasana sah, als Tausende von Indern sich nicht von Gräben und Stacheldrahtverhauen aufhalten ließen:

> «In vollständigem Schweigen zogen Gandhis Leute heran … Plötzlich stürzten auf ein Kommandowort Polizeieinheiten sich auf die Marschierenden und schlugen mit stahlgefassten Lathis auf ihre Köpfe ein. Kein einziger der Marschierenden hob auch nur den Arm … Sie gingen zu Boden wie ein Spiel Kegel … Als die erste Gruppe am Boden lag, rückte die nächste vor … Es gab keinen Kampf, kein Handgemenge, die Marschierenden gingen Schritt für Schritt weiter, bis sie fielen … Stunde um Stunde trugen die Bahrenträger reglose, blutige Männer nach hinten.»

Es half den britischen Kolonialherren nicht. Sie hatten die Wahrheit nicht auf ihrer Seite. Der Schmetterlingsflügelschlag von Pietermaritzburg hatte sie erreicht, mit großer Präzision, nach 37 Jahren.

Penny Black
(Sir Rowland Hill)

26

In einer Zeit, an die man sich einmal mit Wehmut erinnern wird, weil Menschen sich noch Briefe schrieben, wurde der Engländer Sir Rowland Hill (1795–1879) Zeuge einer kleinen, bewegenden Szene:

Ein Postbote kam zu einer jungen Frau, um ihr einen Brief zu überbringen. Die Augen der jungen Frau leuchteten; sie freute sich über das Schreiben. Aber irgendetwas schien nicht zu stimmen; die beiden gerieten in einen heftigen Wortwechsel. Schließlich zuckte der Postbote mit den Schultern, legte den Brief wieder in seine Tasche und verließ das Haus unverrichteter Dinge. Die junge Frau brach in Tränen aus. Sir Rowland erkundigte sich nach dem Grund des Missgeschicks und erfuhr, dass er gerade Zeuge eines kleinen menschlichen Dramas geworden war.

Die junge Frau hatte monatelang auf einen Brief ihres Verlobten gewartet. Nun war er eingetroffen, aber sie hatte ihn nicht entgegennehmen können, weil sie die Postgebühren nicht begleichen konnte.

Einen Brief zu schreiben ist romantisch. Man muss sich Zeit nehmen, um Gefühle in Worte zu fassen. Einen Brief hebt man auf, liest ihn nach Jahrzehnten noch. Im Biedermeier war man versessen auf das Schreiben von Briefen und entwickelte eine richtige Kultur daraus. Aber es war der pure Luxus – eine Kultur für Reiche. Und das betraf im Übrigen nicht nur die romantischen Botschaften. Kommunikation überhaupt war teuer und kompliziert. Das Telefon gab es noch nicht, und wenn man jemandem eine schriftliche Botschaft überbringen wollte, war man auf ein überaus kompliziertes Postsystem angewiesen.

Bezahlen musste der Empfänger der Postsendung; berechnet wurden die Entfernung, das Gewicht des Briefes und die Art der Beförderung. Sollte mit der Kutsche befördert werden, oder sollte der Brief durch einen Schnellkurier, «per Posta, zu Pferde», überbracht werden? In Berlin errechnete man die Gebühren mit Hilfe eines 1853 Seiten starken Tarifbuches. Weil die Post zu teuer und zu unsicher war, gab man Briefe häufig Fuhrleuten mit oder bestellte eigene Boten. Jedermann beklagte die Misere, aber es musste erst ein Mann wie Rowland Hill kommen, um sie zu beheben.

Sir Rowland Hill war ein findiger Kopf, und er stammte aus einer originellen Familie. Sein Vater hatte eine Reformschule gegründet, in der es keine Prügelstrafe und 150 Jahre vor dem antiautoritären Summerhill bereits eine Selbstverwaltung der Schüler gab.

Rowland Hill leitete zeitweise diese Schule; aber die Aufgabe füllte ihn nicht aus. So arbeitete er an der Erfindung einer Rotationsdruckmaschine und war zeitweise Mitglied einer Kommission zur Besiedlung Südaustraliens. Das alles hat man in England vergessen; Sir Rowland feiert man als den «Erfinder der Briefmarke».

Das stimmt zwar streng genommen nicht. Da und dort hatte schon ein anderer (beispielsweise der Österreicher Laurenz Koschier oder der Schotte James Chalmers) die Idee. Aber Rowland

Hill entwickelte aus einer vagen Vorstellung ein praktikables Verfahren: Die Post musste doch nur «gummierte Papiermarken» zum Kauf anbieten. Der Absender würde sie erwerben und seinen Brief damit «frei» machen. Die Post würde durch Abstempeln die Papiermarke wertlos machen und durch Zustellung des Briefes den kleinen Vertrag erfüllen. 1837 verfasste Hill gleich ein kleines Büchlein, *Post Office Reform*, in dem er mit bewegten Worten für sein Verfahren warb.

Sir Thomas William Anson, 1st Earl of Lichfield, der Generalpostmeister von England, fand die Idee absurd; er hielt sie für die größte Eselei, die je das Licht der Welt erblickt habe. Auch das *Chambers' Journal* hielt Hills Vorstellungen für reinen Wahnsinn.

Doch Rowland Hill war ein Kämpfer. Er mobilisierte die Öffentlichkeit. Vier Millionen Unterschriften gingen ein. Schließlich interessierte sich der Kanzler der Staatskasse für die Sache, und so kam es im März 1839 zu einem Gesetz, mit dem die Post reformiert wurde. Im Mai 1840 wurde der «Penny Black», die erste Briefmarke der Welt, verkauft. Der Generalpostmeister hatte übrigens nicht ganz unrecht: Hill bescherte der britischen Post zunächst ein zehnjähriges Defizit. Dennoch war der Siegeszug der Briefmarke nicht aufzuhalten.

Sir Rowland Hill starb 1879 hochgeachtet und wurde in Westminster Abbey als «Held der Nation» beigesetzt. Sein Grab kann man heute noch besuchen und sich daran erinnern, dass hier ein Mann liegt, dem vierzig Jahre vor seinem Tod etwas zu Herzen ging – etwas, das ihn so sehr bewegte, dass er für den Rest seines Lebens genug Hartnäckigkeit besaß, Dinge zu ändern, die man ändern kann.

Ein ganz starker Abgang
(Alexander Rostowzew)

Einen Moment lang zweifelten die Zuschauer im Moskauer Musical-Theater, ob diese Szene am Ende des ersten Akts wirklich noch zum Stück gehörte. Stiefel knallten auf dem Holz. Heisere, wilde Schreie hallten durch den Theaterraum. Verwegene Gestalten – Männer in schwarzen Tarnanzügen, Maschinenpistolen im Anschlag oder Handgranaten in den Händen, vermummte Frauen im Tschador – stürmten die Bühne. Aber das passte doch nicht in ein Musical! Spielte das Stück nicht im Zweiten Weltkrieg?

Nein, das hier war kein Spiel. Das war blutiger Ernst: russische Gegenwart des 23. Oktober 2002! Tschetschenische Terroristen, die «Todgeweihten der 29. Division», kippten das Stück, nahmen über 800 Theaterbesucher in Geiselhaft und verteilten Bomben mit rund 100 kg Sprengstoff im Raum. Mitten im Zuschauerraum platzierten sie einen gigantischen Sprengkörper.

Die «Todgeweihten» wussten, dass die Geschichte blutig enden würde. Ihr Abgang war Teil ihres fanatischen religiösen Kalküls. «Allah ist groß» lautete die Inschrift auf der Fahne, die sie über der Bühne hissten. Die Welt sollte ihre Botschaft lesen und verstehen: Wer sich Allahs Herrschaft und Gesetz in den Weg stellt, wird den Tod erleiden. Dass die Terroristen – die meisten um die 25 Jahre alt – selbst dem sicheren Tod entgegengingen, erschien ihnen nur als Nagelprobe ihres Glaubens. Wenn sie dabei draufgingen, würde es wenigstens ein ganz starker Abgang sein. *Im Paradies würde man sich wiedersehen.*

Tatsächlich wurde der Ausgang des Geiseldramas zu einem großen Blutbad: Zwar kamen beim Überraschungsangriff der russischen Sicherheitskräfte 700 Zuschauer frei, aber 130 der Theatergäste und die 40 tschetschenischen Terroristen starben im Kugelhagel oder unter der Einwirkung von Betäubungsgas.

✦ ✦ ✦

Nur wenige Kilometer vom Moskauer Musical-Theater entfernt steht das Moskauer Staatstheater, eine gigantische Bühne, ein Zuschauerraum, der rund 1800 Besucher fasst. So war es auch an jenem denkwürdigen Premierenabend in den 1980er-Jahren, an den sich heute noch einige alte Moskauer erinnern. Das Theater platzte fast aus den Nähten. Die vornehmlich jungen Leute – es handelte sich um Schulklassen und jüngere Arbeiter – waren nicht ganz freiwillig gekommen. Der Besuch des «wichtigen» Stücks war ihnen durch die bolschewistischen Kader verordnet worden. Einmal mehr ging es um eine Hinrichtung der Religion auf offener Bühne.

Das Stück, eine Agitprop-Farce namens *Christus im Frack,* würde von miserabler Qualität sein. Das ahnten alle im Saal, denn es war eine Auftragsarbeit des russischen Kultusministeriums, das mit Hilfe des Geheimdienstes und mit eiserner Faust über die Künstler herrschte und jedes Bild, jede Musik, jedes Bühnenstück auf ideologische Linientreue überprüfte.

Das Schlimmste, was einem Maler, Komponisten oder Autor passieren konnte, war eine «Auftragsarbeit». Man entzog sich der «Ehre», wie man bei Schostakowitsch oder Rostropowitsch nachlesen kann, mit einer Mischung aus Routine und Sarkasmus. Alle durchschauten das Spiel – auch die Zuschauer. Aber keiner konnte aus dem System herausspringen. Die *grauen Herren* vom Geheimdienst waren überall.

Wenn an diesem Abend doch jemand freiwillig ins Theater ging, dann geschah es wegen des Hauptdarstellers Alexander Rostowzew, der den *Christus* spielte. Rostowzew, der junge Staatsschauspieler, war «Kult» – ein Star, der immer wieder in Filmen und auf der Bühne besetzt wurde. Die *grauen Herren* sahen mit Wohlgefallen, dass ihm offenkundig auch an diesem Abend die Herzen der jungen Leute zuflogen. Schon sein erster Auftritt auf der Bühne wurde bejubelt.

Die Szenerie, die Rostowzew betrat, war wüst. Zentral in der Bühnenmitte stand eine Art Altar, der übersät war mit leeren Schnapsflaschen. An der Seite hatte man eine langgestreckte Theke installiert, die von allerlei dekadent herumlungerndem Volk belagert war: betrunkene Popen, die herumgrölten und immer wieder lüstern an Nonnen herumfingerten. An die Handlung erinnert sich im Übrigen niemand mehr – nur an den Auftritt des *Christus* im zweiten Akt.

Langsam trat Rostowzew aus dem Bühnendunkel nach vorne an die Rampe. Die Lichtregie verfolgte seinen Auftritt und warf alle Scheinwerferkegel auf ihn. Rostowzew trug, wie es die Rolle vorsah, eine Bibel in der Hand. Im Halbdunkel des Hintergrunds wartete ein Komparse mit Frack und Zylinder. Rostowzew sollte pathetisch die Bibel aufschlagen, ein bisschen Jux mit dem heiligen Buch machen, ein paar nicht näher bezeichnete Sätze aus dem monströsen Unbuch verlesen und die Bibel dann wie ein Stück Dreck, das es nicht wert ist, angepackt zu werden, fallen lassen. Im Rollenbuch stand an dieser Stelle: «*Christus:* Man reiche mir Frack und Zylinder!»

So geschieht es. Rostowzew markiert den Mann von Welt; mit großer Geste schlägt er die Bibel auf, schmunzelt gönnerisch ins Publikum, räuspert sich und liest, was ihm unter die Augen kommt: «... Selig die Armen im Geiste, denn ihrer ist das Himmelreich. Selig die Trauernden, denn sie werden getröstet werden.»

Rostowzew schaut prüfend ins Publikum. Keiner lacht. Na, da hat er wohl die falsche Stelle erwischt. Also – weiterlesen! Aber auch der nächste Satz fällt in eine gespenstische Stille. Dem Schauspieler wird es sichtlich unbehaglich in der Rolle. «... Selig die Sanftmütigen, denn sie werden das Land besitzen. Selig, die hungern und dürsten nach ...» – Rostowzew stockt, schwitzt, grinst, versucht ein gurgelndes Lachen, aber es bleibt ihm irgendwie im Hals stecken; er liest weiter: «... Gerechtigkeit, denn sie werden gesättigt werden.»

Stille. Man könnte eine Stecknadel fallen hören. Jetzt nur nicht aus der Rolle fallen! Predigerpathos, das ist es! Rostowzew setzt sich in Positur und donnert: «Selig die Barmherzigen ...»

Niemand lacht. Niemand rührt sich. Tausend junge Leute halten den Atem an. Einer müsste «Aufhören!» schreien. Aber keiner macht den Mund auf. Rostowzew kann nicht aufhören. Will er nicht aufhören? Keiner weiß es. Keiner weiß, was in ihn gefahren ist. Rostowzew liest, liest, liest – liest immer weiter – mit monotoner Stimme. Liest einen Vers nach dem anderen. Liest sich hinein ins Verhängnis.

Der Souffleur versucht ihn noch zu bremsen: «Wegwerfen! Wegwerfen – Mensch, du Idiot! Wirf das Buch endlich weg!»

Rostowzew liest weiter: «… Selig die Friedfertigen …»

Der Regisseur gibt ihm verzweifelte Zeichen: Mach den Abgang! Geheimdienstleute begeben sich hinter die Bühne. Rostowzew liest und liest, alle Verse der Bergpredigt, bis er das Buch sinken lässt. Dann bekreuzigt er sich nach orthodoxer Art und sagt etwas, von dem keiner weiß, woher er es hat, vielleicht aus seiner Kindheit:

«Denk an mich, wenn du in dein Paradies kommst!»

Dann holten sie ihn von der Bühne, die er nie wieder betreten sollte. Das Stück wurde sofort abgebrochen und kein einziges Mal mehr aufgeführt. Der Name wurde aus den Verzeichnissen der Behörde getilgt. In keinem Stück, keinem Film, keinem Zeitungsartikel tauchte er mehr auf. Alexander Rostowzew verschwand spurlos – niemand weiß, ob in den Kellern des KGB oder in den Weiten Sibiriens.

✦✦✦

Zweimal wurde in Moskau ein Theaterstück gesprengt. Zweimal dachten Menschen denselben Satz: *Im Paradies würde man sich wiedersehen.* Einmal mussten 170 Menschen sterben, weil eine grausame Ideologie es so wollte. Das andere Mal verschwand einer aus der Welt – weil er ein paar Sätze rezitiert hatte, in denen die Barmherzigen, Lauteren und Friedfertigen gepriesen wurden. Aber alle, die ihn gesehen hatten, fanden: Es war der stärkste Abgang, den je eine Bühne gesehen hatte.

Der Klang des Lebens
(Barbara Clear)

Es war an einem Sommertag des Jahres 2001. Der Manager der Münchner Olympiahalle schaute etwas skeptisch auf die zierliche, etwa 40-jährige Frau, die ihn um einen Termin gebeten hatte.

«Was, bitte, wollen Sie?!»

«Die Olympiahalle mieten!», wiederholte die Frau.

«Und für wen möchten Sie die Halle mieten, wenn ich fragen darf?»

«Für mich! Ich möchte ein Solokonzert geben.»

Der Hallenmanager runzelte die Stirn: «Sorry, ich kenne Sie nicht. Haben Sie keine Konzertagentur?»

«Nein!»

«Kein Plattenlabel?»

«Nein!»

«Einen Hit?»

«Nein!»

«Ein Vermarktungskonzept?»

«Machen Sie sich mal keine Sorgen. Das kommt.»

Der Mann zuckte mit den Schultern: «Klar, die Halle kann man mieten! ... Ich meine, es geht mich ja nichts an. Aber täuschen Sie sich nicht ein bisschen im Veranstaltungsort? Bedenken Sie – das ist ‹die Schüssel›, die größte überdachte Veranstaltungsfläche hier in München!»

«Deshalb möchte ich sie ja auch haben!»

«Sie wissen nicht, was Sie sagen! In diese Halle passen gut und gerne elftausend Zuhörer rein! Wenn Sie oben im Rang sitzen, nehmen Sie am besten ein Fernglas mit, damit Sie die Stars auf der Bühne gut sehen können. Wie groß sind Sie übrigens?»

Die Frau tat, als würde sie die Anspielung auf ihre 1,59 m Körpergröße überhören: «Also – was kostet die Halle und wann haben Sie in 2004 einen Termin frei?»

Der Hallenmanager fuhr sich mit den Händen durchs Haar: «60.000 … Euro wohlgemerkt! Wissen Sie, ich will nicht, dass Sie gegen die Wand laufen. Das Geld müssen Sie erst mal wieder einspielen. Das schaffen nur die Größten: Copperfield, Pavarotti, Grönemeyer, U2, Westlife, die Rolling Stones … Selbst die bringen mit ihrer ganzen professionellen Marketingmaschine oft nur vier- oder fünftausend Leute auf die Beine. Und dann kommen Sie daher …?»

«60.000 sagen Sie? Dachte ich mir. Jetzt fehlt uns nur noch der Termin!»

Entweder ist das eine Verrückte, dachte sich der Hallenmanager, *oder sie ist eine Sensation.*

Gut drei Jahre später, am Abend des 24. April 2004, traute der Hallenmanager seinen Augen nicht: Rund achttausend Zuhörer drängelten sich an den Halleneingängen. Was war das nur für ein merkwürdiges Publikum: Ganze Familien schienen da anzurollen, Kinder und alte Leute, dazwischen Girlies, Rockertypen, Intellektuelle.

«Ich verliere noch meinen Glauben an die Zielgruppe», stöhnte der Hallenmanager. Der Konzertbeginn musste verschoben werden, weil es die Ordnungskräfte nicht schafften, den vielen Leuten, die aus ganz Deutschland gekommen waren, rechtzeitig Einlass zu gewähren. Hätte es neben der Bühne nicht zwei riesige Projektionsflächen gegeben, man hätte von manchen Plätzen aus tatsächlich ein Fernglas gebraucht, um genau auszumachen, was sich da auf der einsamen Bühne, die mit ein paar selbst genähten Tuchbahnen dekoriert war, verlor: ein Mikro und vier Gitarren.

Und dann betrat Barbara Clear den Tempel der Stars – klein, zierlich, fast zerbrechlich wirkte sie vor der gigantischen Kulisse. Sie hatte noch keinen Ton gesungen, aber das Publikum tobte schon. Eine Welle aus Liebe und Sympathie flutete ihr entgegen. Alle Angst fiel von ihr ab. Sie fühlte, es würde ein «Heimspiel» werden.

Wie im Zeitraffer flogen die letzten dreißig Jahre an ihr vorbei. Mit elf Jahren hatten ihr die Eltern in Bad Homburg eine Gitarre geschenkt. Von diesem Moment an gehörten Barbara und ihr Instrument zusammen. Nach dem Abitur hatte sie kurz überlegt, Biologie zu studieren. Aber es stimmte nicht, passte nicht zu ihr. Sie musste Musik machen, koste es, was es wolle. Alle rieten ihr ab.

Aber sie setzte ihren Kopf durch, übte Tag und Nacht, sprang auf jede Bühne, die sich ihr darbot. Es war ihr egal, ob sie allein oder in der Band musizierte, ob sie auf Festivals oder auf Kleinkunstbühnen auftrat, ob sie über Stadtfeste tingelte oder in verrauchten Kneipen sang, ob man sie als «Highlight» für alberne Partys engagierte oder ob sie als musikalische Dekoration für öde Betriebsfeste verpflichtet wurde.

Manchmal war der Saal voll; manchmal kamen nur zwanzig Leute. Dann war sie doppelt so gut; keiner sollte den Saal verlassen, ohne selig von Musik und begeistert von ihr zu sein.

Oft war sie knapp bei Kasse. Kein Problem – dann jobbte sie eben oder fuhr Taxi. Einmal durfte sie von der großen Karriere träumen. Ein Produzent wollte sie «ganz groß rausbringen»:

Er tüftelte an ihr herum, an ihrem Image, ihrem Aussehen, ihrer Musik, stylte sie, machte sie stromlinienförmig glatt und marktkonform. Die Berge kreißten – heraus kam eine Maus von Plattenlabel und eine Single, bei der es Barbara Clear heute noch kalt den Rücken runterläuft. Natürlich wurde es ein Flop!

Aber Barbara Clear gab nicht auf. Wenn keiner sie produzierte, weil ihr Profil nicht in die angesagten Formate passte, dann würde sie eben ihr eigener Produzent sein! Erst brachte sie eine CD heraus, die sie bei ihren Konzerten und über ihre Homepage verkaufte, dann noch eine und noch eine. Siehe da, es ging! Die Leute wollten sie hören.

Wenn keiner ihr Agent sein wollte, okay, dann würde sie eben ihr eigener Agent sein! Wenn keiner sie zu großen Konzerten einlud, dann würde sie sich eben selber einladen in die Hallen, die sie selbst gemietet hatte. Und sie würde singen mit einer Anlage, die keine Crew von Technikern aufgebaut hatte; sie selbst würde ihre eigenen Boxen schleppen, die Kabel legen und den Sound abchecken! Ihr Freund würde ihr helfen, das musste genügen. Freiheit hatte ihren Preis.

Sie jubelte, wenn sie daran dachte, dass sie singen und spielen konnte, was und wie sie wollte. Auf keiner Couch musste sie sich in die Charts schlafen, auf keiner Castingshow von dummdreisten Musikmanagern begaffen und formatieren lassen. «Ich brauche niemanden, der mir vorschreibt, was ich anziehen, sagen oder welche Musik ich machen soll!»

Es war hart, so radikal, so autonom zu leben, eine authentische, unverbogene Künstlerin zu sein. Das Schicksal verpasste ihr mehr als einen Handkantenschlag. Aber langsam wurde sie ein Geheimtipp. Einer sagte es dem anderen; die Kunde von der Qualität ihrer Konzerte verbreitete sich per Mundpropaganda.

Beim International Country Contest Europe wurde sie «Female Vocalist Europe 1998». Die Insider wurden auf sie aufmerksam; der Tipp ging von Mund zu Mund: Hast du die Clear schon gehört? Nein? Dann hast du was verpasst, die ist ja so was von gut! Was für eine Stimme! Irgendwie nicht von dieser Welt! – Ein Stimmwunder, sagst du? – Ja, und was die für eine stupende Gitarrentechnik draufhat! – Und die Ausstrahlung …! – Hat sie Ausstrahlung? – Unglaublich, eine irre Präsenz! Wie ein Tornado fegt sie über die Bühne! – Das Stichwort von der «deutschen Janis Joplin» machte die Runde.

Und dann kam die Nacht, in der sie wieder einmal nicht schlafen konnte, weil eine verrückte Idee durch ihren Kopf spukte:

«Was meinst du», sagte sie zu ihrem Freund, «wenn ich mal die Olympiahalle miete?»

«Eine gute Idee!», meinte ihr Freund.

Damit war die Sache «gebongt». Mit 60.000 Euro Schulden auf dem Buckel machte sie sich auf den Weg über die Dörfer. Nach jedem Konzert, ob es in Bremen oder Oberammergau war, wenn die Leute mit den Füßen trampelten und «Zugabe» schrien, verkaufte sie Tickets für das Projekt *Clear in der Olympiahalle:* «Kostet euch nur zehn Euro! Aber ihr müsst kommen!» Die Leute lachten und sagten: Da machen wir mit!

Und sie hielten Wort. Anfang 2004 konnte eine strahlende Barbara Clear der Presse verkündigen: «Ich habe im Alleingang schon über 4000 Karten verkauft!» Das imponierte den Journalisten, und plötzlich wurde das Ding zum Selbstläufer. Die Medien rissen sich um sie – und auch heute, an dem Tag, an dem ihre Träume in Erfüllung gingen, waren vier oder fünf Kameras in der Olympiahalle.

Während sie ihre Gitarre noch einmal überprüfte, überfielen sie eine Sekunde lang Selbstzweifel: War das nicht ein monströse «Ich-AG», eine einzige große Ego-Nummer, die sie da abzog? Quatsch, sagte sie sich, und schob auch beiseite, dass es kitschig aussehen würde, wenn einer ihre Gedanken lesen könnte: «Was ich hier tue, ist genau das, wofür ich auf die Welt gekommen bin.» Und sie schlug den ersten Akkord an, der sich tausendfach im weiten Hallenrund brach …

Wenige Tage nach dem Konzert setzte sich Fred Schmidtlein, Autor der Fachzeitschrift *Home of Rock,* hin und schrieb so etwas wie eine offizielle Wiedergutmachung an Barbara Clear für die professionelle Ignoranz, die ihr durch die Musikwelt in all den Jahren widerfahren ist:

> «Zu mehr als ¾ war die Schüssel voll und – um es vorwegzunehmen – ich habe eine solche Stimmung in diesem Riesenteil noch nicht erlebt … ihre Stimme ist grandios … wunderbarer Sound (habe ich in dieser tontechnischen Rührschüssel selten erlebt) … Ich weiß nicht, wie viele der berühmten One-Man/One-Woman-Shows vergangener Zeiten eine Bühne und Halle heute noch ähnlich mit Emotionen aus- und erfüllen können. Leute wie Dylan, vermutlich für etwa 75 Euro, eher nicht … mehr als genug für mich, den Besucher so vieler Hunderter Konzerte … Großartig … Für mich war es jedenfalls das Highlight des Jahres!»

Barbara Clear ruhte sich nicht auf den Lorbeeren aus und darauf, dass sie ein kleines Stück Musikgeschichte geschrieben hat. Sie wollte beweisen, dass es ohne Musikbusiness auch geht, wollte zeigen, dass es für ihre Musik ein großes Publikum gibt, auch wenn sich Fernsehen und Radio aus Formatgründen ihrer Musik verweigern. Darum machte sie das Ganze noch einmal. Kaum ein Jahr später, am 12. März 2005 füllte sie die Olympiahalle wieder.

«Das», sagt Ralph Dittmar, ihr Freund, «war die eigentliche Sensation!»

Und auch 2014 hat sie es wieder geschafft und die Olympiahalle gefüllt mit ihrem Programm «Der Klang des Lebens».

29
Die zweite Wahl
(Angelo Roncalli)

Charles de Gaulle, der erste französische Staatspräsident nach der Befreiung von der Nazi-Okkupation, befand sich Ende des Jahres 1944 in einer unangenehmen Lage. Sollte der Vatikan nicht binnen kürzester Zeit einen neuen Nuntius für Frankreich ernennen, würde dem ältesten anwesenden Diplomaten die Ehre zufallen, die Neujahrsansprache beim Empfang für das diplomatische Korps zu halten. Das würde der Vertreter Russlands sein, und das wollte de Gaulle unter allen Umständen vermeiden.

Aber Pius XII. wollte sich nicht bedrängen lassen, zumal die französische Regierung ganz unerhörte Forderungen stellte: Die Hälfte der französischen Bischöfe sollte zurücktreten, weil sie keinen Widerstand gegen das Vichy-Regime geleistet hätten.

Buchstäblich in letzter Sekunde half der Papst de Gaulle aus der Patsche, aber zum Zeichen seiner Verärgerung ernannte er mit Angelo Roncalli einen eigentlich schon für die Rente vorgesehenen Vatikandiplomaten, der in keiner Weise den hochgespannten Erwartungen des französischen Staates entsprach, ja geradezu als Verhöhnung der Grande Nation und der «ältesten Tochter der Kirche» empfunden wurde:

Der Berufene war klein, dick und ohne bekannte Meriten; er besaß nicht einmal die Kardinalswürde. Weil er der Kurie in Bulgarien durch unkonventionelle Maßnahmen auffällig geworden war, hatte ihn die Vatikanbehörde zuletzt in die Türkei versetzt, wo er praktisch zur Wirkungslosigkeit verdammt war.

Dennoch stimmte de Gaulle dem römischen Vorschlag zu, hatte er doch über den türkischen Staatspräsidenten erfahren, Roncalli sei durchaus ein Mann mit Qualitäten, wenn das auch nicht bis Rom durchgedrungen sei. Rabbi Arthur Hertzberg von der Jewish Agency urteilte über Roncallis Jahre in der Türkei:

> «Überall, wo ich hinkam, hörte ich das Gleiche: Wir können nicht helfen – mit einer Ausnahme. In Istanbul traf ich einen kleinen, dicken Erzbischof namens Roncalli, der päpstlicher Gesandter in der Türkei war. Als ich ihm darlegte, was mit den Juden geschah, begann er zu weinen, legte seinen Arm um mich und sagte: ‹Rabbi, was kann ich tun, um zu helfen?›»

Roncalli selbst wusste sich auf seine Berufung nach Paris keinen Reim zu machen, hatte man ihn doch bei seinen Besuchen in Rom mitunter nicht einmal vorgelassen. «Sie sind nicht der Einzige, der erstaunt ist», bemerkte ein französischer Kardinal kühl, als Roncalli seine Ratlosigkeit preisgab. Roncalli nahm es mit Humor: «Wenn die Pferde nicht mehr können, dann nimmt man eben Esel. Zehn Jahre jünger sollte ich sein. Aber ich werde mein Bestes tun.»

Roncallis Ansprache beim Neujahrsempfang überzeugte wohl auch deshalb, weil er sich kurzerhand bei dem russischen Diplomaten, der schon eine Rede vorbereitet hatte, erkundigte, was man in einem solchen Fall sagt. Frankreich lernte die Qualitäten des Angelo Roncalli bald schätzen, der mit Herzlichkeit und Fingerspitzengefühl vorging. In Rom jedoch trafen bald die ersten Proteste über den eigenmächtigen alten Mann ein.

1953 wurde der umstrittene Nuntius nach oben weggelobt: Qui non amovetur, promovetur – wer nicht wegbewegt werden kann, wird eben befördert. Angelo Roncalli wurde Kardinal und Patriarch von Venedig, von wo er als 77-Jähriger 1958 als aussichtsloser Kandidat zum Konklave nach Rom fuhr – aus dem er als Johannes XXIII. hervorging.

30 Ida und die Mumie
(John Davison Rockefeller)

Die gewaltigen Bürotürme der «Standard Oil» am Broadway ragten wie kalte Monumente einer neuen Religion in den schmutzigen Himmel New Yorks. «Kleinliche Gebäude beherbergen kleinliche Gedanken», hatte der Mann gesagt, der sie errichten ließ.

Unten im Dunkel der Straßenschlucht stand eine Frau mittleren Alters und schaute an den scheinbar endlosen Fensterreihen entlang nach oben. Tausende von Menschen arbeiteten hier in der Herzkammer des Kapitals in geräuschloser Effizienz.

Das hier sah so normal, so unangreifbar selbstverständlich aus, dass es Ida Tarbell einen Moment lang schwindlig wurde, als sie an ihr Vorhaben dachte. Sie lehnte sich gegen die Hauswand und schloss die Augen. Und dann sah sie wieder die tristen, schwarz verklebten Ölfelder Pennsylvanias, auf denen kein Baum mehr wuchs, sah die zerlumpten Arbeiter, die hier für einen Hungerlohn arbeiteten; vor allem aber sah sie die brennende Puppe am Galgen, die den Namen «Rockefeller» trug. Ida Minerva Tarbell wischte ihre Bedenken beiseite und betrat das Gebäude.

Ida Minerva Tarbell (1857–1944) war eine der mutigsten Frauen ihrer Zeit. Zeitlebens trug die unbestechliche amerikanische Journalistin den Titel «Muckraker» (Schmutzaufwühler,

Mistkratzer, Nestbeschmutzer), den man eigens für sie und ihr Team erfunden hatte, als wäre er die höchste Auszeichnung. Tarbell war es, die mit einer meisterhaft recherchierten 19-teiligen Reportage über John Davison Rockefeller (1839–1937) und das skrupellose Geschäftsgebaren seines Imperiums «Standard Oil» den Grundstein zur staatlichen Zerschlagung des größten Industrieunternehmens der Welt legte.

Ida Minerva Tarbell hatte guten Grund, die schmutzige Wäsche von John D. Rockefeller zu waschen: Ihr eigener Vater war einer jener kleinen Ölbarone, die Rockefeller in seiner manischen Gier nach Geld und Macht und Größe an die Wand gespielt hatte, um schließlich neunzig Prozent des amerikanischen Öls in seinem Besitz zu haben – und der reichste Mann der Welt zu sein.

Als Ida Tarbell die Höhle des Löwen betrat, hatte sie nur einen Trumpf in der Tasche, einen Empfehlungsbrief von Mark Twain. Der damals schon legendäre Schriftsteller war befreundet mit H. H. Rogers, dem einflussreichsten und dienstältesten Generaldirektor von «Standard Oil». Alle Welt nannte ihn aus gutem Grund nur «Hell-Hound» Rogers. Der raubeinige Manager hatte sich im Wilden Osten beim Kampf um die Ölfelder durch besondere Skrupellosigkeit einen Namen gemacht. Ida Minerva Tarbell redete nicht lange um den Brei herum. Sie erklärte dem schnauzbärtigen Potentaten rundheraus, sie werde die *Chronique scandaleuse* des Rockefeller-Imperiums schreiben. Sie werde das auf jeden Fall tun – ob er nun mitspiele oder nicht.

Und siehe da: Rogers setzte sie nicht etwa vor die Tür. Ob er nun irrationalen Gefallen an Tarbell fand oder ob er eine alte Rechnung mit Rockefeller zu begleichen hatte, der sich bereits 1892 aus den unmittelbaren Geschäften zurückgezogen hatte und dem Trust nur noch als Präsident vorstand: Rogers «plauderte», lieferte Daten, Fakten, Zahlen und redete sich und die Firma buchstäblich um Kopf und Kragen.

In der Zeit des großen Ölrauschs hatten sich Rockefeller und seine Partner eiskalt nach oben gearbeitet, mit brennender Gier, eisernem Willen, harter Hand, aber auch mit schmutzigen Tricks und kleinen Kniffen, mit ein paar tausend Dollar an der rechten Stelle, mit Strohmännern und Spionen, mit Schmiergeld und erpresserischen Preiskämpfen.

Idas Reportage schlug ein wie eine Bombe. Das Blatt, in dem die Artikelfolge stand, wurde den Zeitungsverkäufern aus den Händen gerissen. Eine Welle der Empörung flutete durch Amerika. Korrupte Politiker mussten zurücktreten. Staatliche Ermittler legten Akten über «Standard Oil» an und wurden fündig. Es kam zum größten Prozess der Wirtschaftsgeschichte.

1911 wurde Rockefellers Imperium in 34 verschiedene Gesellschaften zerschlagen, Firmen wie Exxon und Chevron, die auch heute noch im Wirtschaftsleben der USA eine zentrale Rolle spielen. Die Shareholder Values kippten über Nacht ins Nichts.

Ida Minerva Tarbell – so schien es allen Beobachtern – hatte mit den Waffen des Geistes John Davison Rockefeller, den reichsten Mann der Welt, vernichtet. Sein Imperium war nur noch ein Scherbenhaufen. Aber die Beobachter sollten sich gleich in mehrfacher Hinsicht täuschen.

Da man Rockefeller möglichst schonend über den desaströsen Ausgang des Verfahrens gegen «Standard Oil» informieren wollte, versuchte es sein Anwalt Johnson mit der unbeholfenen Floskel: «Ich hoffe, Sie regen sich über dieses Urteil nicht auf, Mr. Rockefeller, und können heute Nacht gut schlafen.»

Rockefeller, der früher cholerische Indianertänze aufführen konnte, wenn ein Stück Packpapier achtlos weggeworfen und Bleistifte nicht bis zum Stummel aufgebraucht wurden, reagierte nahezu vergnügt: «Keine Sorge, Mr. Johnson, genau das habe ich vor. Und auch Sie sollten sich die Sache nicht zu sehr zu Herzen nehmen. Gute Nacht!»

War das noch der alte Rockefeller, der humorlose Tyrann, der psychopathische Knauser, der geldbesessene, gnadenlose Kapitalist, als den ihn Amerika kennen gelernt hatte? Oder ahnte Rockefeller nur, was kommen würde?

Was nämlich wie die persönliche Katastrophe des J. D. R. aussah, wurde zu seinem größten Coup; es machte den reichsten Mann der Welt noch reicher. Rockefeller kaufte mit seinem Geld die ins Bodenlose gestürzten Hauptanteile an den neuen Gesellschaften, wohl ahnend, dass sie nach kurzer Zeit in ihrem Wert wieder nach oben schießen würden. Und so war es.

Der einsetzende Auto-Boom ließ die Nachfrage nach Öl sprunghaft ansteigen. Nach vorsichtigen Schätzungen verdiente Rockefeller an dem Manöver, das ihn doch ruinieren sollte, nach damaligem Geldwert etwa zweihundert Millionen Dollar, eine geradezu unermessliche Summe.

Rockefeller fand das vermutlich *korrekt* von Gott, denn Rockefeller war Calvinist; seine Mutter hatte ihn streng religiös erzogen. Seit er erwachsen war, unterrichtete er Sonntag für Sonntag in der Sonntagsschule, fegte die Kirche aus und spendete den Zehnten. Wenn er 100.000 Dollar Kredit brauchte, um ein messerscharf kalkuliertes Projekt zu finanzieren, nahm er 110.000 Dollar auf.

Calvin hatte die Welt einst in Verdammte und Auserwählte

eingeteilt – und damit das religiöse Fundament für den Kapitalismus geschaffen: Dass man zu den von Gott Begnadeten gehöre, erkenne man daran, dass den Gerechten, den Fleißigen und Sparsamen Gottes Segen zufließe wie ein gewaltiger Strom.

Gnade drückte sich für John Davison Rockefeller ganz gewiss in Cash aus. Das hatte er schon als Kind gelernt. Man erzählt, wie er Bonbons en gros erstand, um sie portioniert an seine Geschwister zu verkaufen. Die Gewinnmarge war blendend. Die damit verdienten zwölf Dollar verlieh der Kleine zu sieben Prozent an den Nachbarn. Und so ging es weiter. John Davison Rockefeller fühlte sich ganz einfach als ein Lieblingskind Gottes, ein Sonderobjekt der irrationalen Vorliebe des Höchsten, erwählt von Ewigkeit, nicht zu vernichten durch weltliche Machenschaften wie die einer Ida Minerva Tarbell.

Was Ida Minerva Tarbell zum Zeitpunkt ihrer Recherche nicht wusste: Den Mann, den sie fertigmachen wollte, gab es zu diesem Zeitpunkt schon lange nicht mehr. John Davison Rockefeller hatte sich 1892, mit 53 Jahren, nicht ohne Grund völlig aus der Öffentlichkeit zurückgezogen. Rockefeller konnte nicht mehr; er war aufgebraucht wie eine schwach flackernde Batterielampe, ausgebrannt wie ein alter, verkohlter Baumstamm.

Vierzig verrückte Jahre – eine einzige gnadenlose Hetzjagd nach Geld, Macht und Einfluss – hatten tiefe Spuren in seinem Körper und seiner Seele hinterlassen. Rockefeller war nur noch ein Schatten seiner selbst; der früher aufrechte Mann schlich als gebückter, vergrämter, steinalter Greis durch die Welt. Sein Magen nahm keine Nahrung mehr an; seine inneren Organe waren zerfressen. Er zitterte. Die Haare, selbst die Augenbrauen, fielen ihm aus. Aus der Lederhaut seines Gesichts stachen zwei unstet flackernde Augen heraus. Rockefellers Biograf John K. Winkler brachte es auf die Formel: 1892 habe er ausgesehen «wie eine Mumie».

Die Ärzte des reichsten Mannes der Welt – natürlich hatte Rockefeller nur die besten – verzweifelten an dem Fall. Sie gaben ihrem Patienten, sollte nicht ein Wunder geschehen, noch eine Lebenserwartung von wenigen Monaten. Das Erste, was sie ihm verordneten, war Ruhe, absolute Ruhe. Rockefeller musste unbedingt Distanz zu seinem Geschäft gewinnen. Denn das war es, was ihn auffraß: *Angst, Sorge, Gier.*

Das Wunder geschah: John Davison Rockefeller kämpfte sich langsam, sehr langsam ins Leben zurück und veränderte sich dabei – äußerlich wie innerlich. Hatte er sich zuletzt nur noch von einem Brei aus Sauermilch und Keksen ernährt, so lernte er in der ruhigen Atmosphäre seines Landsitzes nach und nach wieder, etwas feste Nahrung zu sich nehmen.

Besucher trauten ihren Augen nicht: Rockefeller ging im Park spazieren, lernte Golf. Die «Mumie» kaufte sich teure, weiße Perücken, die fortan zu ihrem Markenzeichen wurden. Als der Geldjunkie, der er zeit seines Lebens war und immer sein sollte, konnte es Rockefeller natürlich nicht lassen, sich um die Geschäfte seines Unternehmens zu kümmern.

Aber die neuen Direktoren – unter ihnen «Hell-Hound» Rogers – staunten nicht schlecht, mit welcher Gelassenheit der «Alte» die Dinge nun betrachtete: quasi von außen, als ginge es ihn nichts an.

Rockefeller hatte sich in der Tat etwas für ihn Ungeheuerliches vorgenommen: sich *nie wieder Sorgen* zu machen. An Sorgen, das wusste er, würde er sterben. Und es scheint, dass er diesem Vorsatz in seinem weiteren Leben nie mehr wirklich untreu wurde. Rockefeller wurde biblische 97 Jahre alt. Mit 53 Jahren hatte er das Beste noch vor sich.

Es scheint aber, dass die Verwandlung des John Davison Rockefeller tiefere Quellen hatte. Das monströse Nebeneinander von Sonntagsschule und Geldgier, das Rockefellers calvinistischer Erwählungs- und Gnadenglaube wie durch einen geheimnisvollen Link verband, hatte einen Riss bekommen. Gott ließ Geld auf ihn regnen; aber man konnte auch darunter begraben werden.

Es ging ihm wohl wie dem Mann in der Bibel, der Reichtümer in seinen Scheunen aufgehäuft hatte und dem Gott im Traum erschien: «Du Narr! Noch in dieser Nacht wird man dein Leben von dir zurückfordern.» Niemand weiß, was in John D. Rockefeller fuhr, aber eines Tages kam er, der jeden Cent dreimal umdrehte, jedes Stück Schnur aufhob und selbst völlig anspruchslos lebte, auf die in seinem Kosmos denkbar verrückteste Idee: Man könnte Geld ja auch *ausgeben!*

Genau das tat Rockefeller. Zunächst zaghaft, dann herzhaft, dann mit vollen Händen. Rockefeller wurde beileibe kein Heiliger – mit den Methoden, mit denen er das Geld einnahm, sollte er nie das Wohlgefallen von Ida Minerva Tarbell finden –, aber Rockefeller wurde der vermutlich größte Einzelspender in der Geschichte der Menschheit. Er unterstützte ungezählte soziale Projekte, ließ (unter anderem auch in Deutschland) Kirchen, Schulen, Universitäten und Bildungseinrichtungen bauen und machte sich, je älter er wurde, einen Heidenspaß daraus, Cash, die Gnadengabe Gottes, fließen zu lassen, wo sie gebraucht wurde. Seine große soziale Stiftung, die *Rockefeller Foundation,* hat heute ein Kapital von dreieinhalb Milliarden Dollar. Nach heutigem Geldwert berechnet, verschenkte John Davison Rockefeller in seinem Leben etwa sechs Milliarden Dollar. Er, der Geiz in Person.

Mario und die Dottoressa
(Maria Montessori)

Es ist nicht mehr sicher herauszufinden, ob Mario damals zwölf oder fünfzehn Jahre alt war, als er auf einem Schulausflug diese Frau wiedersah, die er so ganz genau kannte. Die elegante Dame hatte ihn, als er noch nicht im Internat war und noch bei dieser Familie auf dem Land lebte, in regelmäßigen Abständen immer wieder besucht. Mario war sich sicher: Sie war es, kein Zweifel! Jetzt stieg sie aus dem Auto. Mario ging in ihre Richtung. Halb unbewusst, fast automatisch, sagte er: «Ich weiß, dass du meine Mutter bist!» Der Rest hört sich wie ein Märchen an: Die beiden fielen sich in die Arme, und Mutter und Sohn blieben von da an für immer zusammen. Aber die wirkliche Geschichte ist so einfach nicht, nicht vorher und nicht nachher.

Mario war der «dunkle Punkt» im Leben von Italiens erster, 1896 promovierter «Dottoressa». Die 1870 geborene Maria aus Chiaravalle bei Ancona war in vieler Hinsicht eine ungewöhnliche Persönlichkeit; sie erregte Aufsehen durch ihre Selbstständigkeit, ihre Intelligenz, ihren Fleiß, ihren Willen, ihre Zielstrebigkeit. Als sie mit zehn Jahren einmal unter hohem Fieber litt und die Mutter Angst um sie hatte, sagte sie: «Hab keine Angst, ich kann jetzt nicht sterben. Ich habe noch so viel zu tun.»

Und so gibt es Biografien, die ihr Leben als eine geradlinige, stets nach oben führende Erfolgsgeschichte erzählen: Wie Maria sich weigert, Lehrerin zu werden. Wie sie ihren Kopf durchsetzt, sich an der Universität in Rom einschreibt und Italiens erste Medizinstudentin wird.

Wie sie anfangs stehen muss im Hörsaal, damit die Herren der Schöpfung einen Sitzplatz bekommen. Wie sie alle ihre Kommilitonen durch ihre brillanten Leistungen überflügelt. Wie sie sich nachts in die Anatomie schleicht, um mutterseelenallein Leichen zu sezieren, weil es undenkbar war, dass sich eine Frau zusammen mit Männern in Gegenwart einer nackten Leiche befand. Wie sie in der Anatomie zu rauchen beginnt, um den Gestank der verwesenden Körper zu ertragen. Wie sie Wissenschaftskarriere macht. Wie sie zum Idol der italienischen Frauenbewegung und Italiens Delegierte beim Frauenkongress 1896 in Berlin wird.

Aber ihr Leben war nicht gradlinig. Da war *Mario,* der Unfall. Eines schönen Tages ging die junge medizinische Überfliegerin, die gerade Assistenzärztin an der psychiatrischen Abteilung der Uniklinik Rom geworden war, eine heiße Affäre mit ihrem Kollegen Dr. Giuseppe Montesano ein, die nicht folgenlos blieb.

Am 31. März 1898 wurde ihr gemeinsamer Sohn *Mario* geboren – sagen ihre Biografen. Mario selbst hat dieses Geburtsdatum angegeben. Doch feststeht, dass hier nichts feststeht. Die Umstände der Geburt, warum Giuseppe Maria nicht heiraten wollte, was wann, wie und warum geschah – all das wurde Gegenstand einer monströsen, von den Eltern des Unvorsichtigen inszenierten Vertuschungsaktion. Die Sprachregelung greift noch immer. Dennoch: So gut sind die Spuren nicht verwischt, dass kritische Beobachter nicht doch den möglichen Bruch in der Legende entdeckten. Marias Biografie ließ es 1898 in keiner Weise zu, heimlich ein Kind auszutragen.

Es gibt aber ein Datum, an dem das geschehen sein könnte: das Jahr 1901. Ein Jahr zuvor war die 30-jährige Maria Direktorin einer psychiatrischen Einrichtung geworden, Dr. Montesano wurde ihr als Stellvertreter beigegeben. Ein Jahr später – 1901 also, auf dem Höhepunkt ihrer jungen Medizinerkarriere – warf sie die Brocken hin, gab die Medizin ganz auf und begann noch einmal zu studieren, und zwar Pädagogik. Hier ist die Zäsur, in der eine junge Frau für ein halbes Jahr verschwinden kann, um in einem Sanatorium unbemerkt ein Kind zur Welt zu bringen – und strahlend, als sei nichts gewesen, wieder in die Gesellschaft einzutauchen, wenn auch vielleicht nicht gerade am selben Ort.

Es ist letztlich unerheblich, *wann* das Baby Mario verschwand. Tragisch ist, *dass* es geschah. Mario kam zu Pflegeeltern auf dem Land, später in ein Internat. Die junge Mutter, die sich mittlerweile einen europaweiten Ruf als Wissenschaftlerin erworben hatte, besuchte ihr Kind in regelmäßigen Abständen, ohne ihm zu verraten, wer sie war. Für den kleinen Mario war sie nur eine vornehme Dame, die sich aus unerfindlichen Gründen für Kinder interessierte.

Man kann *alles* verstehen: Die Geburt hätte alle ihre Chancen vernichtet, sie wäre das definitive Ende ihrer Karriere gewesen. Maria wäre als «Sünderin» stigmatisiert und gesellschaftlich geächtet geworden. Nie hätte sich ein potenzieller Ehemann für sie interessiert. Das Kind würde es ja gut haben … Wie gesagt: Man *kann* alles verstehen und denken: Es ist besser als eine Abtreibung. Und doch *kann* man es nicht verstehen, *will* man diese Maria nicht verstehen, die es ihrem Kind überlässt, seine Mutter zu entdecken, die ihn zwar in der Folge bei sich lässt, aber auch dann noch versteckt, als sie schon weltberühmt ist.

Die betagte Mutter und ihr Sohn reisen durch die Welt; einmal stellt Maria ihren Mario mit «Das ist mein Sekretär», dann wieder mit «Das ist mein Adoptivsohn» vor. «Mein Sohn» sagt sie zum ersten Mal in ihrem Testament. Je nach Zählung muss ihr Sohn, der seine Mutter abgöttisch liebte und alles – ja zu viel – für sie tut, 51 oder 54 Jahre alt werden, um aus dem Versteck kommen und sich zu seiner Mutter bekennen zu dürfen. Da ist die Mutter tot. Einmal – während des Krieges – hat der Sohn sieben Jahre an der Seite der Mutter in Indien ausgeharrt. Es waren die sieben Jahre, in denen ihn seine eigenen Kinder im kriegsverheerten Europa nicht sahen. Und sie hätten ihn dringend gebraucht.

Man könnte vieles verstehen, hieße die Mutter nicht *Maria Montessori* und wäre sie nicht die vielleicht größte Pädagogin des 20. Jahrhunderts gewesen. Es gibt viele schöne Zitate von ihr, auch dieses:

> «Die Aufgabe der Umgebung ist nicht, das Kind zu formen, sondern ihm zu erlauben, sich zu offenbaren.»

Was immer Maria Montessori dachte, als sie diesen Satz formulierte, sie dachte bestimmt nicht an den Augenblick, an dem sich ihr der eigene Sohn offenbarte, um sie als Mutter zurückzuholen. Säße ihr dieser Lapsus, dieser Unfall, dieses unzeitige Kind nicht wie ein Stachel in der Biografie, ihr Leben würde sich lesen lassen wie eine strahlende Reise in eine bessere Welt.

Alles, was sie lehrte, ist durchwirkt von Wärme und Licht, ist voller Achtsamkeit gegenüber dem Kind, seinem Wesen, seiner Individualität, ist voller Aufmerksamkeit für seine Chancen. «Hilf mir, es selbst zu tun», lässt sie ein Kind für alle sagen. Und tatsächlich: Seit Montessori hörte die Gängelei in der Kindererziehung auf, kam blinder Gehorsam langsam aus der Mode.

Wir wissen heute, dass wir das Kind fordern müssen, ohne es zu entmutigen. Wir fördern es, ohne es zu dressieren. Wir geben dem Kind Anregung und begleiten es – und wissen nicht, wie viel Segensreiches und Kindgerechtes wir deshalb tun, weil es Maria Montessori zum ersten Mal tat. Es gibt hymnische Beschreibungen dessen, was Maria Montessori geleistet hat; einer schrieb von der «Morgenröte der Humanität in den Kinderzimmern». Das ist Kitsch – doch *etwas* ist wahr daran, wenn es auch nicht Marios Kinderzimmer war, in dem die Sonne aufging.

Warum dies eine gute Geschichte ist? Weil es eine grausame Geschichte ist, eine Geschichte wie das Leben. Wir leben, denken, lieben, arbeiten – und sind keine Engel. Wir haben eine doppelte Moral, weil wir mit der einen nicht hinkommen. Wir machen Pläne, stellen ein Werk hin oder einen Rekord auf; wir leisten etwas Großes; Menschen klopfen uns auf die Schulter – und niemand weiß, welche Widersprüche wir mit uns herumschleppen, von welchem Unvermögen wir gequält werden. Niemand weiß, *dass unsere Größe vielleicht die Kehrseite unseres ganz persönlichen Elends ist.* Das Gute ergibt sich beiläufig. Das Gute entsteht, weil wir etwas gutzumachen haben, eine geheime Scharte auswetzen müssen, eine alte Rechnung an anderer Stelle zurückzahlen.

Sagt man zu viel, wenn man dies auch am Leben der Maria Montessori ablesen möchte? Wir wissen nicht, warum sie als Mutter eine Katastrophe war. Wir wissen nicht, warum sie es nicht besser machen konnte in der Nahdistanz zu ihrem Kind. Wir wissen nur, dass ihr peinliches Versagen an dieser einen intimen Stelle zum Sprungbrett einer wunderbaren Arbeit an einem anderen Ort wurde. Möglicherweise hat sie dieses globale Konzept der Achtsamkeit für die Gattung Kind nur darum aus sich herausgetrieben, weil sie unbewusst spürte, dass sie unfähig war, ihrem eigenen konkreten Kind ein bisschen Beachtung und Liebe zu schenken. Vielleicht war sie so gut, weil sie so schwach war. Das ist das Tröstliche an dieser Geschichte – und darum ist sie so wichtig.

32

Die Tränen des mongolischen Kamels (Ugna Amgaa)

Über die kahle südmongolische Steppenlandschaft zog ein schneidender Ostwind hinweg. Ein einsames Jurtenlager hob sich ab von der unwirtlichen Weite des Landes. Eng an eng standen Tiere und Zelte beieinander, um Schutz zu haben und Wärme zu finden. Die Jurten waren erleuchtet – seltsame Lampions am Rande der Welt.

In einem dieser spitz zulaufenden Zelte redeten die Menschen erregt miteinander und wiesen immer wieder auf den Monitor ihres batteriebetriebenen TV-Gerätes. Denn natürlich gibt es Fernsehen auch in der Mongolei, selbst an den kargen Rändern der Wüste Gobi. Man muss das Gerät nur etwas lauter einstellen, um das beständige Heulen und Pfeifen des Wüstenwindes zu übertönen.

Die Bilder und Geräusche, die den zerfurchten, gegerbten Gesichtern an diesem Abend aus dem scheppernden Kasten entgegensprangen, konnten fremder nicht sein. Schöne und für den Geschmack der Nomaden ziemlich unanständig gekleidete Menschen in glitzernden Kostümen fieberten da einem Ereignis entgegen, das auf einer großen, seltsam geschmückten Bühne stattfand. Sie fielen sich in die Arme, lachten, vergossen Tränen, hielten triumphierend ein goldenes Etwas in die Höhe. Die Nomaden der Familie Amgaa, angefangen vom kleinen Ugna bis zum zahnlosen Urgroßvater, sahen Hollywood; sie schauten der Oscar-Verleihung des Jahres 2003 zu …

Es kam, wie es kommen musste. Der Beitrag, den die Mongolei für den Auslands-Oscar nominiert hatte, ging leer aus. Zwar hatte ein bekannter Filmkritiker geschrieben:

«Wenn jemals Oscars in der Kategorie ‹beste Schauspielerei eines Tieres› vergeben werden, sollten Ingen Temee (die Stute) und Baby Botok (das Junge) den Preis als Erste bekommen.»

Das hatten die Leute in Hollywood wohl nicht gelesen. Oder sie hatten sich den Film nicht genau angeschaut. Film? Draußen vor der Jurte der Amgaas standen sie doch, Ingen Temee und Baby Botok, wunderschöne, gute Kamele – keine Schauspieler.

Die Amgaas schauten sich an: Hatte hier irgendjemand überhaupt etwas verstanden? Es ging doch nicht um Träume und Verrücktheiten, sondern um das Wunder. Um das größte, einzige, wahrhafte Wunder, das die mongolischen Hirtennomaden kannten.

Dass es ein *wirkliches* Wunder war, wussten alle. Es gab keine Jurte, in der die Großmütter nicht schon den kleinen Kindern vom weinenden Kamel erzählten.

«Ist das auch wirklich wahr?», fragten alle Kinder, fragte auch Ugna.

«Hab Geduld, mein Kleiner!», hatte die Großmutter gesagt, «du wirst es sehen!»

Eines Tages hatte eine Staubfahne am Horizont angekündigt, dass sich Autos der Nomadensiedlung näherten. Heraus stiegen Filmleute aus Deutschland, die viel Gepäck und allerhand komisches Gerät mit sich führten. Plötzlich löste sich ein vertrautes, ein mongolisches Gesicht aus der Gruppe der Fremden, um mit Vater Amgaa zu verhandeln.

Vater Dude Amgaa, Oberhaupt einer neunköpfigen Familie aus vier Generationen, gewährte Gastfreundschaft und lud die Fremden zu einem Tee ein. Byambasuren Davaa, eine 1971 in der Mongolei geborene junge Frau, stellte sich vor:

Seit drei Jahren studiere sie in Deutschland, wie man Filme macht. Und natürlich habe sie ihre Heimat nicht vergessen, und schon gar nicht die Geschichte vom weinenden Kamel. Das müsse man doch filmen, um es aller Welt zu zeigen! Sie, Byambasuren, habe ihre deutschen Freunde dafür begeistert, und so sei man nun da. Er, Vater Amgaa, habe doch so wunderschöne trächtige Kamele, und es komme doch die Zeit des Frühlings. Und vielleicht – warum denn nicht? – würde sich das Wunder ja wieder ereignen: «Ich habe das als kleines Kind gesehen, und es ist mir immer stark im Gedächtnis geblieben.»

Vielleicht. Im Moment, als Byambasuren ihren Wunsch vorträgt, läuft ihr ein heißer Schauder über den Körper. Auf was für eine Rechnung mit tausend offenen Variablen hatte sie sich da eingelassen! Wen hatte sie nicht alles begeistert! Ihren Regiepartner Luigi Falorni, den jungen Produzenten Tobias N. Siebert, ihre Lehrer an der Hochschule für Film und Fernsehen in München. Zeitweise kam sie sich wie eine Promoterin in Sachen weinendes Kamel vor.

Für einen Film braucht man eine Menge Geld. Man musste es den Leuten förmlich aus den Rippen schneiden. Aber irgendwie war es ihr gelungen. Und nun saß eine Schar erwartungsfroh mit den Füßen scharrender Menschen aus Deutschland da und hoffte, der freundliche Chef der Familie Amgaa werde ihnen sagen:

«Kein Problem, Freunde! Nächste Woche findet das Wunder statt. Sucht euch schon einmal einen schönen Platz für die Aufnahmen!» Man hatte dem Team ein bestimmtes Budget zugestanden und eine bestimmte Zeit. Innerhalb dieser Koordinaten musste es passieren.

Die Filmemacher durften bleiben. Das Wunder geschah. Aber zuvor mussten die Leute aus Deutschland noch etwas lernen. Über Menschen und Tiere, über Schmerz und Freude, über Liebe und Angst und über die Kraft der Musik. Nomaden leben ganz eng mit ihren Tieren zusammen, mit Kühen, Schafen, Ziegen. Sie fühlen mit ihnen, wenn sie nach Wasser schreien, wenn sie hungrig oder verwundet sind, wenn sie nach Wärme, Liebe, Nähe verlangen.

«Der Mensch», notierte sich der Regisseur Luigi Falorni, «... wird zum bescheidenen Diener seiner Tiere, zum Beispiel, wenn der Lebenskreis durch eine verwirrte Kamelmutter auseinanderzubrechen droht.»

Kamele nehmen eine Sonderstellung ein; sie gelten als «himmlische Tiere». Emphatisch begrüßen die Hirten das erste Kamelfohlen, das im Frühling geboren wird. Sie schmücken es mit einem bunten Halfter, das aus der Wolle eines erwachsenen Tieres gewebt ist. Als Segensbitte an Gott bringen sie ein wenig Milch zum Opfer dar. Etwas Heiliges ist um die Kamelstute und das Junge, das sie nährt und schützt.

Manchmal nun kommt es vor, dass eine Kamelstute so sehr von der Geburt geschwächt und verletzt ist, dass sie das Junge abstößt. Ohne die Annahme durch die Mutter aber ist ein junges Kamelfohlen verloren. Immer wieder nähert sich das verzweifelte Jungtier seiner Mutter, die es brutal von sich weist.

«Mama», fragt der kleine Ugna im Film, «wenn das Kleine von der Mutter keine Milch bekommt, muss es dann sterben?»

Den Hirten ist die Dramatik der Lage bewusst. Aber gleichzeitig verfügen sie über uraltes Wissen von den Heilkräften der Natur. Jetzt hilft nur noch eines, sagen die Hirten: Man muss die Seele des Kamels rühren! Man muss es zum Weinen bringen, dann wird alles gut! Dies kann nur über Musik geschehen. Nichts anderes in der Welt kann bewirken, dass einem Kamel die Tränen der Mutterliebe kommen, als Musik und Gesang.

Ob man es «dokumentarisches Glück» oder Zufall nennt: Dem Filmteam gelang es tatsächlich in den sieben Wochen Aufenthalt, eine solche Szene zu drehen und in eine ruhige Spielhandlung rund um den kleinen Ugna und die Hirtenfamilie Amgaa einzubetten.

Alle Kamelstuten hatten schon ihre Fohlen zur Welt gebracht, nur Ingen Temee quälte sich über Tage hinweg mit der Geburt ihres Fohlens. Als das wunderschöne weiße Kamelkind Baby Botok schließlich da war, wies das völlig verstörte Muttertier sogar ihr eigenes Fohlen von sich. Ingen Temee bleckte die Zähne, schnaubte und schrie zornig auf.

Byambasuren Davaa erinnert sich: «Das Tier war so aggressiv, dass es niemanden von uns an sich heranließ.»

Da half nur noch eines: Der große Bruder Dude und Ugna wurden in die Stadt geschickt, um den Musikanten zu holen. Ugna war so klein, dass er zwischen den Kamelhöckern, an denen er sich festkrallte, verschwand. Den beiden begegneten die Versuchungen der Welt – in der Stadt gibt es Gameboys, Fernsehen, Eismaschinen –, aber sie fanden auch den Geiger und komplimentierten ihn hinaus in die Steppe.

Und schließlich war es so weit: Alle Familienmitglieder versammelten sich um die beiden leidenden Tiere. Das Ritual begann. Die Mutter stimmte einen eigenartig kehligen Gesang an, und der Musikant entlockte seiner Pferdekopfgeige eine Folge wundersamer, himmlischer, eindringlicher Töne, die sich mit den Windgeräuschen der Steppe vermischten.

Und das «geplante» Wunder geschah: Ingen Temee, das Muttertier, wurde immer ruhiger, wendete den Kopf, als würde es dem Klang der Musik lauschen. Und dann passierte es: Das Kamel brach in «richtig prächtige Tränen» (Luigi Falorni) aus, allen Gesetzen der Tierpsychologie zum Trotz. Baby Botok durfte sich satt saugen. Das Junge war gerettet.

«Das kleine ausgehungerte Kamel», sagt Luigi Falorni, «ist jeder von uns: entfremdet, stets auf der Suche nach Geborgenheit und Zugehörigkeit. Sein Schicksal ist der sichtbare Beweis, dass kein Leben ohne Liebe möglich ist.»

Dass Hollywood das nicht verstehen würde, ahnten die Menschen in der südmongolischen Wüste nicht. Woher sollten sie auch wissen, dass es im fernen Kalifornien nur um «Love & Music» geht.

33 Dann gehe ich mit!
(Hans Hornbostel)

Der US-Major Hans Hornbostel hatte seine Gründe, warum er seine Frau so grenzenlos liebte.

«Ihr hängt zusammen wie Pech und Schwefel», neckten ihn gelegentlich seine Freunde.

«Ja», lächelte der Major dann stolz, «Gertrude und ich, wir haben alles gemeinsam gemacht; vom 3. September 1914 an waren wir immer zusammen – bis auf diese drei Jahre halt.»

Jeder einigermaßen informierte Amerikaner konnte sich denken, worauf Major Hans Hornbostel anspielte. Das Magazin *Time* hatte am 26. September 1949 unter der Rubrik «National Affairs» die Liebesgeschichte von Gertrude und Hans Hornbostel endgültig zur öffentlichen Sache gemacht und viele Amerikaner damit zu Tränen gerührt. Auf dem Bild in der Zeitung war Hans 68 Jahre und seine Frau Gertrude 58 Jahre alt; die beiden waren damals 35 Jahre verheiratet.

Der Zweite Weltkrieg, der auch im Südpazifik geführt wurde, hatte bei ihrer Geschichte Regie geführt. Beide waren sie in Gefangenschaft geraten. Als sich Hans und Gertrude Hornbostel am 7. Februar 1945 wiedersahen, wog Hans, der zuvor gut und gerne 81 oder 86 Kilo auf die Waage gebracht hatte, noch ganze 44, Gertrude noch 47,5 Kilo.

Hans war den Japanern in die Hände gefallen und hatte

im März 1942 den berüchtigten «Todesmarsch» auf der Halbinsel Bataan überlebt; er war buchstäblich durch die Hölle gegangen.

Auch Gertrude hatte mit den drei gemeinsamen Kindern schreckliche Dinge mitgemacht; in einem Internierungslager in Manila überlebten sie die Grausamkeiten des japanisch-amerikanischen Krieges.

Hans und Gertrude fielen sich in die Arme und dachten: Nun wird alles gut! Der Krieg hatte sie so entstellt, dass sie sich fast nicht wiedererkannten. Aber es würden andere, gute Jahre kommen – davon waren beide überzeugt …

Danach sah zunächst auch alles aus. Ärzte und Pfleger taten viel, um Gertrude und Hans aufzupäppeln. Während der Major rasch wieder zu Kräften kam, wollten die verschiedenen Therapien bei seiner Frau nicht richtig anschlagen. Gertrude war müde, hatte ständig Schmerzen, fühlte sich schwach, fühlte die Kräfte abnehmen. Hans wich nicht von ihrer Seite, kümmerte sich rührend um seine Frau und … haderte mit dem Schicksal. Diesen Triumph wollte er dem Krieg nicht gönnen! Die beiden zogen von Arzt zu Arzt. Endlich, im Mai 1946, fanden die Ärzte im Letterman Hospital in San Francisco etwas heraus – etwas Schockierendes.

Hans war Soldat. Er konnte es nicht leiden, wenn Ärzte um den heißen Brei herumredeten: «Sagen Sie mir die Wahrheit!»

Dennoch zögerte der Arzt. Die Botschaft war schwierig zu überbringen: «Ihre Frau hat … nun … wie soll ich sagen? … *Lepra!*»

Major Hornbostel musste schlucken. «Das gibt es doch gar nicht!»

«Doch, das gibt es! Ihre Frau muss sich im Lager angesteckt haben. So ganz selten ist das nicht. In Amerika haben einige tausend Menschen Lepra!»

«Und was heißt das?»

«Carville, Louisiana», erwiderte der Arzt trocken.

«Sagt mir nichts!»

«Das ist die einzige Leprakolonie auf amerikanischem Boden!»

«Also so eine Art Klinik?»

«Leider nicht. Das ist eine Exklave, ein Land im Land, eine kleine Stadt, die außer den Schwestern und Ärzten niemand betreten darf, der nicht selbst infiziert ist.»

«Aber wenn man wieder gesund ist, dann kommt man da doch wieder heraus, oder?», wollte Hans Hornbostel wissen.

«Ich habe leider nur von Leuten gehört, die reinkommen», bemerkte der Arzt zynisch.

«Dann gehe ich mit!», beschied ihm Hans Hornbostel knapp.

Der Arzt schüttelte den Kopf: «Sind Sie verrückt? Außerdem geht das leider nicht.»

«Ich sagte: *Ich gehe mit!*», rief Hans Hornbostel und ließ den Arzt stehen.

Wenn ich eins kann, sagte sich Hans Hornbostel, als er das Hospital verließ, *dann kämpfen!* Und er kämpfte gut: Vom Augenblick seines Entschlusses an setzte Major Hans Hornbostel alle Hebel der Welt in Bewegung, um sein Ziel zu erreichen. Er schrieb an Politiker, setzte die Presse in Kenntnis, versuchte seine militärischen Beziehungen spielen zu lassen. Allen schrieb er:

> «Ich lasse mich nicht von meiner Frau trennen. Ich, Hans Hornbostel, ein gesunder Mensch, möchte mitgehen in die

Leprakolonie. Ich liebe meine Frau – und habe sie lange genug allein gelassen. Bitte hindern Sie mich nicht daran!»

Hornbostel trifft auf eine Welle des Mitgefühls. Aber die Verantwortlichen bleiben eisern: Lepra ist eine Seuche. Leprakranke müssen radikal von der Außenwelt isoliert werden. Gesunde Menschen haben in einer Leprakolonie nichts verloren.

Und so kam es, dass sich Gertrude und Hans Hornbostel Anfang Juni 1946 in großer Ungewissheit auf die mehrtägige Zugreise von San Francisco in Kalifornien über den halben Kontinent hinweg nach Carville im feuchtheißen Louisiana machten. Nach allem, was ihnen andere versicherten, würde es eine Reise ohne Wiederkehr werden. Doch Major Hornbostel war wild entschlossen, sich nicht an der Tür der Leprakolonie verabschieden zu lassen. Gertrude war seine *Frau.* Von Gertrude konnte ihn nichts trennen als höhere Gewalt oder der Tod.

«Beruhige dich, Gertrude! Mich wirst du nicht los!», flüsterte Hans seiner verzweifelten Frau ins Ohr, während draußen das Land am Zugfenster vorbeiglitt – und drückte ihr immer wieder die Hand.

Am 2. Juni lief der Transkontinentalzug in das berüchtigte Städtchen am Mississippi ein. Carville war zugleich schlimmer und weniger schlimm, als es sich die Hornbostels vorgestellt hatten. Der gefürchtete Ort des Grauens war von betörendem landschaftlichem Reiz – als hätte die Natur eine verschwenderische Fülle an Schönheit aufgeboten, um die Ausgestoßenen über ihr Geschick hinwegzutrösten. Carville hatte die Ausstrahlung einer gepflegten Südstaaten-Parklandschaft.

Aber die Mississippi-Idylle konnte über das Schreckliche nicht hinwegtäuschen: Die Menschen, die hierher verbannt wurden, waren aussortiert aus dem Geschlecht der Menschen; sie waren «Selektierte», Menschen zweiter Klasse – die Leprakranken in Carville hatten kein Wahlrecht; sie lebten nach Geschlechtern getrennt; sie konnten nicht heiraten oder Beziehungen eingehen. Dafür gab es in Carville nicht nur mehrere Kirchen und ein Kraftwerk, das die Autarkie der Kolonie garantierte, sondern auch – Gipfel des Fortschritts – ein Gefängnis.

Andererseits war festzustellen: Die medizinische Versorgung war hervorragend; mutige Ordensschwestern kümmerten sich selbstlos um die Kranken. Es gab alles, nur keine Freiheit. Vielen Insassen der Kolonie fiel dies gar nicht mehr auf; sie lebten hier seit Kindertagen. Irgendwann hatten sich an den Extremitäten eines kranken Kindes mysteriöse Geschwüre gezeigt. Der Arzt hatte es entdeckt und sofort Seuchenalarm gegeben. Manchmal ließ man den Kindern nicht einmal Zeit, um sich von ihren Eltern zu verabschieden.

Gertrude Hornbostel hatte diese Geschichten schon vorher gehört. Jetzt war sie da, in Carville. Ihr Mann hatte es *nicht* geschafft, die Schwelle zur Kolonie mit ihr zu überschreiten. Pfleger hatten sie in Obhut genommen. Jemand redete auf Hans ein, versperrte ihm physisch den Weg in die Kolonie. Es blieb noch Zeit für ein paar Worte, ein kurzes Winken.

Gertrude staunte über die ruhige Zuversicht ihres Mannes. Sie wusste selbst nicht, warum sie so unerschütterlich an seine strategischen Fähigkeiten – warum sie *ihm* glaubte. Die Tür war hinter ihr zugefallen, eine Stacheldrahtmauer trennte sie, aber Gertrude wusste: nicht für immer! Sie sah sich ihre neue Heimat an und staunte selbst über sich, weil sie sich wie ein vorübergehender Gast vorkam. Wie eine ständige Musik gingen Gertrude die Worte ihres Mannes durch den Kopf, als er sie verabschiedet hatte: «Ich lasse dich nicht allein. Drei Jahre reichen! Denk an *Guam!*»

Guam – das hatte ihr einen Stich ins Herz gegeben, ein Schluchzen bei ihr hervorgerufen. *Guam,* das war die Zeit ihrer jungen Liebe! Warum musste Hans das jetzt erwähnen? Aber je länger Gertrude darüber nachdachte, desto glücklicher machte sie die Erinnerung an Guam. Jetzt klammerte sich Gertrude an dieses Wort. Ja – in Guam, da hatten sie zusammengefunden, obwohl es eigentlich nicht ging. Aber nichts auf der Welt konnte ihre Liebe verhindern. Hans wollte sie, Gertrude, niemanden sonst auf der Welt. Hans kämpfte um sie! Damals hatte sie zum ersten Mal verstanden, was das für ein Kerl ist! Plötzlich war sie sich ganz sicher: Hans würde sich das hier nicht gefallen lassen!

Die Bäume rauschten im Sommerwind. Gertrude setzte sich auf eine abgelegene Bank im Park der Leprakolonie, träumte und erinnerte sich: Die Insel Guam im Westpazifik, das war nicht nur der Ort ihrer ersten und einzigen Liebe – es war auch der Ort ihrer Kindheit, seit sie elf war. Gertrude war das Kind deutschstämmiger Eltern. 1893 war sie noch in der alten Heimat geboren worden. Als Gertrude neun war, versuchte der Vater Hermann Costenoble, ein preußischer Offizier mit Geldschulden, sein Glück in den Südseekolonien des Deutschen Reiches. Zwei Jahre waren sie auf Saipan, dann ging es nach Guam.

Der Vater betrieb eine Reihe von Geschäften, konnte sich schließlich ein großes Steinhaus leisten, in dem sich die Südseedeutschen trafen. Der Erste Weltkrieg begann, die Amerikaner besetzten die Insel und schauten argwöhnisch auf Costenoble, in dessen Haus «Die Wacht am Rhein» gesungen und Toasts auf den Kaiser ausgebracht wurden. Ein US-Aufklärungsoffizier mit Deutschkenntnissen wurde in das Haus geschmuggelt. Sein Name: Hans Hornbostel. Hans hatte ebenfalls deutsche Vorfahren.

Über Costenoble fand er nicht viel heraus, dafür umso mehr über dessen hübsche Tochter. Gertrude und Hans verliebten sich unsterblich ineinander.

Vater Costenoble, ein zorniger Mann mit deutschnationaler Schlagseite, bekam Wind von der Sache. Ausgerechnet ein Amerikaner! Einer von der falschen Seite! Einer, der sie ausspionieren sollte! Das war unmöglich! Vater Costenoble versetzte seine Tochter kurzerhand auf eine Plantage ins Inselinnere, wo sie von einem Einheimischen bewacht wurde – zum Glück recht nachlässig.

Da der junge Amerikaner mit dem schönen norddeutschen Namen Hornbostel nicht lockerließ und sich sogar an einem romantischen Tempelchen am Fluss zum heimlichen Stelldichein mit Gertrude verabredete, beabsichtigte der Vater, seine Tochter mit einem japanischen Schoner, der im Hafen schon bereitstand, außer Landes zu bringen.

Es kam zu einer melodramatischen Flucht. Der Vater, so sagt es die Familiensaga, habe das flüchtige Paar sogar auf einem Ochsenkarren verfolgt – glücklicherweise vergeblich. Am 3. September 1914 wurden Gertrude Costenoble und Hans Hornbostel vom methodistischen Pfarrer der Inselhauptstadt getraut. Die Eltern waren nicht dabei.

Gertrude stand in Carville – ausgerechnet in Carville – und musste lächeln. Hans würde schon etwas einfallen.

Hans fiel auch etwas ein. Wenige Tage nach ihrer neuerlichen

Trennung am Tor der Leprakolonie sahen sich die beiden wieder. Hans, der trickreiche, willensstarke Himmelsstürmer, hatte es auf irgendwelchen verschlungenen Wegen tatsächlich geschafft, ein *permit* zu bekommen, mit dem er auf dem Gelände der Kolonie ein kleines Häuschen erwerben konnte. Und er hatte das Häuschen tatsächlich bereits erworben. Und er hatte es nicht nur geschafft, dass sie sich täglich sehen konnten – sie konnten sogar zusammen in diesem Haus wohnen. Und, und, und ... Gertrude fiel ihrem Mann um den Hals wie ... ja, wie damals in Guam, als er tatsächlich zu dem Tempelchen kam, zu dem er sie bestellt hatte.

Weil Hans Hornbostel Himmel und Hölle in Bewegung gesetzt hatte, konnte die Geschichte natürlich nicht geheim bleiben. Die Presse fraß einen Narren an dem süßen alten Paar – an den Liebenden, die sich einfach nicht trennen ließen – und berichtete regelmäßig von der Patientin und dem tapferen Major, der nach und nach zu einem nachträglichen Kriegshelden wurde, weil er Tapferkeit an der richtigen Stelle zeigte.

Aber die beste Nachricht sollte noch kommen. Eines Tages – es war Anfang September 1949 – erklärten die Ärzte von Carville Gertrude Hornbostel für geheilt. Niemand weiß, ob es eine besonders wirksame Therapie oder die Liebe oder beides war, was sie wieder zurückbrachte in das Leben vor den Toren der Leprakolonie. Ein Blitzlichtgewitter überschüttete das überglückliche Paar bei seiner Ankunft in New York.

Die guten Jahre, die Gertrude und Hans Hornbostel noch miteinander verbrachten, nutzten die beiden für einen Propagandafeldzug in Sachen «Lepra». Im Jahr 1957, in dem Jahr, in dem Hans Hornbostel starb, wurde die Quarantäne für Carville aufgehoben.

Das kleine Radio
(Waltraud Schreiner und Ruth Pfau)

Die alte Dame lag im Krankenhaus. Draußen vor dem Fenster schien die herrliche Augustsonne, rauschten die Bäume im Südwind. Ihre Gedanken gingen nach draußen. Jetzt da draußen sein, die Sonne auf der Haut spüren! Der Schlaganfall hatte sie herausgerissen aus dem Leben. Im Augenblick waren die Schmerzen erträglich; das war das Positive. Aber alles fühlte sich so anders an, so fremd! Diese Hilflosigkeit, dieses Angewiesensein auf andere!

Waltraud Schreiner war dankbar für die kleinen Gesten des Pflegepersonals. Sie mochte das nie, andere bemühen zu müssen, nahm die Dinge gerne selbst in die Hand. Und jetzt: Nicht einmal sprechen – *nichts* tun können! Sie fühlte sich wie ein Kleinkind. Würde sie noch einmal gehen können? Waltraud Schreiner hatte plötzlich viel Zeit zum Denken, viel Zeit für die Erinnerung.

Vor ihrem inneren Auge tauchten die vielen Wege auf, die sie gegangen, gelaufen, gerannt war: von der Wohnung zum Blumenladen, vom Blumenladen zum Infostand, vom Infostand zur Lagerhalle, rasch noch in die Stadt, rasch noch einmal in die Auslieferung des Blumengroßhandels. Immer in Eile, Treppen hinauf und hinunter, stets bepackt und beladen mit irgendwas. Berge von Hilfsgütern türmten sich im Treppenhaus der elterlichen Wohnung!

«Das Zeug kann unmöglich hier liegen bleiben», hatte Vater geschrien, «ich zieh sonst aus!»

Sie hatte noch seine Stimme im Ohr, musste wehmütig lächeln – er meinte es nicht so! Nun war er schon so lange tot. Also rasch zum Auto hin – die Decken verladen.

Wo waren die Prospekte? Der ganze Stapel mit den Medikamenten musste noch in den Container! Gut, dass es die Schwester gab, mit der man gemeinsam anpacken konnte! Später waren dann die Leute vom «Freundeskreis Karachi» da, aber am Anfang, da waren sie allein. Wo sie die Kraft hergenommen hatte, damals? Aber sie war ja noch jung gewesen. Da hat man jede Menge Kraft – so viel, wie man Begeisterung hat.

Waltraud Schreiner rechnete nach: 1956 war das gewesen – also vor 44 Jahren! Da war sie auch im Krankenhaus, in Winterberg im Sauerland. In der Erinnerung sah sie sich wieder, wie sie dalag – ein blasses junges Mädchen mit bandagiertem Kopf!

Die Ärzte hatten ihr eingeschärft: «Hören Sie, Waltraud, eine solche Kopfverletzung ist eine ernste Geschichte! Wenn Sie wieder gesund werden wollen, dürfen Sie sich nicht bewegen!»

«Darf ich wenigstens lesen?»

«Nein, auf keinen Fall!»

«Was darf ich denn überhaupt?»

Der Arzt hatte mit der Schulter gezuckt.

Aber dann war da noch diese junge Assistenzärztin – sie mochte etwa in ihrem Alter sein –, die noch einmal zurückgehuscht kam in ihr Zimmer.

«Hier, für Sie, Waltraud, nehmen Sie!»

«Aber das ist ja ein Radio?!»

«Ja», lachte sie, «Musik hören dürfen Sie! Auf meine Verantwortung.»

Hätte es in einem Roman stattgefunden, stünde an dieser Stelle: Das war der Anfang einer wunderbaren Freundschaft – obwohl es zunächst nicht danach aussah. Die sympathische junge Assistenzärztin beendete einige Zeit später ihre Ausbildung an dem Krankenhaus, nicht ohne bei Waltraud Schreiner noch einmal hereingeschaut und das kleine Radio mitgenommen zu haben. Eine Anschrift hatte «Ruth» nicht hinterlassen. Sie verschwand einfach aus Waltraud Schreiners Leben.

Doch «Ruth» ging ihr nicht aus dem Kopf! Was für ein ungewöhnlicher Mensch! Wie mochte es ihr gehen? Was mochte sie tun? Einige Jahre gingen ins Land; dann stellte Waltraud Schreiner Nachforschungen an. Über Umwege bekam sie heraus, dass der Weg der jungen Frau zunächst nach Frankreich geführt hatte – in den Orden der «Töchter vom Herzen Mariä» – und von da nach Pakistan!

Waltraud Schreiner stockte der Atem. Pakistan! Wo lag das überhaupt? Sie musste erst auf dem Globus nachschauen. Einiges schwirrte ihr noch aus dem Schulunterricht durch den Kopf – goldene Tempelanlagen, Männer mit Turbanen, Elefanten, die Baumstämme schleppten. Und in diesem exotischen Land, irgendwo in der Nähe von Indien, da war jetzt Ruth.

Konnte man dahin überhaupt Briefe schicken? Sie stellte sich vor, wie sie zum Postamt gehen würde und wie der Postbeamte sie ungläubig anschauen würde, wenn sie sagte: «Ach … und hier hätte ich noch einen Brief für Pakistan!»

Aber sie hatte ja tatsächlich die Anschrift von Ruth Pfau. Also setzte sich Waltraud Schreiner an einem Sonntagnachmittag hin und schrieb einen Brief nach Pakistan:

> «Sehr geehrte Schwester Ruth, Sie werden sich wahrscheinlich gar nicht mehr an mich erinnern. Aber ich war das Mädchen mit der Kopfverletzung in Winterberg, dem Sie das kleine Radio geliehen hatten …»

So oder so ähnlich. Sie möge halt entschuldigen, dass sie, Waltraud Schreiner, ihr hinterhergeforscht und ihre Adresse herausgefunden habe. Sie habe halt gedacht, dass sie, die Schwester im fernen Pakistan, doch vielleicht auch einmal Hilfe gebrauchen könne.

Wie staunte Waltraud Schreiner, als sie nach gar nicht langer Zeit vom Postboten mit ehrfürchtigem Kopfnicken begrüßt wurde: «Sie … Sie haben Post aus Pakistan!»

Noch im Flur riss Waltraud Schreiner den merkwürdigen Briefumschlag aus schlechtem Papier mit den nie gesehenen Briefmarken auf. Was für ein Brief! Ellenlang, ganz herzlich, als hätten sie sich gestern das letzte Mal gesehen. Ihr Brief komme wie gerufen, schrieb da Ruth Pfau, und natürlich könne sie sich noch ganz genau an die junge Frau in Winterberg erinnern. Aber sie müsse sie warnen. Wenn man ihr den Finger reiche, dann wolle sie die ganze Hand!

Und dann musste sich Waltraud Schreiner setzen, um das alles zu verdauen, was ihr Ruth Pfau über das Elend in Pakistan schrieb. Sie hatte sich entschieden, zu den Ärmsten der Armen zu gehen, und arbeitete als Ärztin unter Leprakranken.

Waltraud Schreiner hatte bis dahin nur eine vage Vorstellung von dem, was Lepra ist: eine hochinfektiöse Krankheit, bei der Menschen bei lebendigem Leib die Glieder abfaulen. Man kann diese Krankheit heilen, wenigstens in den Griff bekommen, aber der Skandal ist: An vielen Stellen der Erde heilt man sie immer noch nicht! Weil kein Geld da ist. Weil keiner unter den unsäglichen Bedingungen der Lepralager arbeiten möchte. Weil man den Gestank nicht aushält. Weil man nicht hinschauen kann. Weil. Weil. Weil.

Waltraud Schreiner packte die Empörung und zugleich ein heißes Gefühl der Begeisterung. Instinktiv wusste sie bereits in diesem Augenblick, dass sie das Thema ihres Lebens gefunden hatte. Hier würde sie anpacken. Etwas machen! Irgendwie! Sie musste auch gar nicht lange überlegen, was sie tun könnte. Sie musste nur weiterlesen.

Ruth Pfau hatte ihr in der direkten Art, die sie in den folgenden Jahrzehnten noch intensiv kennen lernen sollte, gleich eine Arbeitsanweisung beigelegt: «Hier ist eine Liste von Materialien und Hilfsgütern, die ich dringend benötige, um hier überhaupt arbeiten zu können.»

Wieder blieb ihr für einen Moment der Atem weg. Wie sollte das denn gehen? Sie war ja nicht Krösus, hatte einen kleinen Blumenladen, der sie und ihre Schwester recht und schlecht ernährte. *Wenn es der liebe Gott will, dann wird er mir dabei auch helfen,* dachte sich Waltraud Schreiner. Und fing an.

Die Leute in der Stadt hielten sie für komplett verrückt. Anfangs zumindest. Waltraud Schreiner begann einen Marathon der Hilfsbereitschaft, der ihre ganze Zeit beanspruchte, der einfach überhaupt nicht mehr aufhörte. Jede freie Minute, jedes Wochenende, den ganzen Urlaub – alles setzte sie ein für Pakistan, für die Leprakranken, für ihre Freundin Ruth Pfau.

Andere ließen sich anstecken von der Begeisterung, machten mit. Der «Freundeskreis Karachi» wurde gegründet, Aktionen wurden durchgeführt, Rundbriefe versandt: «Bitte, seien Sie großzügig. Wir brauchen Mittel, um den Skandal der Lepra aus der Welt zu schaffen! Unterstützen Sie Dr. Ruth Pfau! Helfen Sie dieser großartigen Frau!»

Mit Jugendlichen zusammen produzierte sie 10.000 Flaschen Apfelsaft und verkaufte sie für Karachi. Wenn irgendwo eine Gemeinschaft, ein Verein, eine Frauengruppe Kooperationsbereitschaft signalisierte, war Waltraud Schreiner da und sorgte dafür, dass die Hilfsbereitschaft so richtig in Schwung kam.

Mitten im Winter fuhr sie mit ihrem VW-Käfer durch die verschneiten Dörfer im Sauerland, um irgendwelche Häkeldecken und Handarbeiten zu einem Basar zu fahren. Einmal rutschte sie von der Straße, blieb im Graben liegen. Jemand zog sie heraus. Waltraud Schreiner musste schmunzeln, wenn sie daran dachte. 14.000 DM brachte der Basar in der Oeventroper Schützenhalle. Damals – es war wohl 1973 – war das ein Heidengeld!

Es gab Zeiten, da war sie Tag und Nacht im Einsatz. Selbst auf einer Kur konnte sie nicht abschalten, blieb sie der Motor der Bewegung, hing sie permanent am Telefon. Immer öfter wurde der eigentliche Broterwerb zur Nebensache. Gegenüber dem Blumenladen hatten die Schwestern Schreiner einen Informations- und Verkaufsstand für das Projekt in Pakistan aufgebaut. Wer etwas benötigte, konnte sich bei ihnen den Schlüssel abholen und nach Herzenslust einkaufen. Das managten sie so nebenbei.

Das mit den Blumen war nicht so wichtig! In Pakistan musste ein Wunder geschehen! Das war wichtig.

Dass auch in Deutschland ein Wunder geschah, ein Wunder der Freundschaft, sahen wenige. Die es sahen, machten es am ehesten noch an Zahlen fest: Waltraud Schreiner, eine einfache, mittellose Frau, brachte es fertig, Geld- und Sachspenden im Wert von mehreren Millionen Euro für Pakistan zu organisieren. Das ist die sensationelle Seite an der Geschichte – das Wunder in ihr aber ist viel subtiler. Es besteht im Gegenwert eines kleinen Radios. Da zahlte jemand zurück für das, was mit Geld nicht zu bezahlen ist. Ruth Pfau hatte zuerst etwas erfahren – es hing mit ihrem Glauben zusammen –, und sie zahlte es zurück, indem sie ihr Leben verschenkte.

Und über Ruth Pfau hatte auch Waltraud Schreiner etwas erfahren, wofür sie den vollen Preis zahlen wollte. Und so entstand eine Kettenreaktion der Freundschaft und Liebe. Waltraud Schreiner wurde zum Alter Ego von Ruth Pfau, zu ihrer Doppelgängerin, ihrer Stellvertreterin in Deutschland. Sie, die hundertprozentig Zuverlässige, hielt Ruth Pfau den Rücken frei. Waltraud Schreiner potenzierte die Wirksamkeit von Ruth Pfau, weil sie für die Mittel sorgte, damit man in Pakistan loslegen konnte.

Sechzig Jahre musste Waltraud Schreiner werden, um endlich einmal mit eigenen Augen zu sehen, was sie mit hinbekommen hatte. Mehr als die freundlichen, sauberen Krankenhäuser, Schulen und Heime, die sie mitfinanziert hatte, sah sie das immer noch verbliebene Elend, die Notwendigkeit, weiter zu helfen, noch mehr zu tun:

«Das Elend war so unvorstellbar, dass ich dachte, hier kann es keinen Herrgott geben. Menschen, die im eigenen Stuhl lagen. Würmer, die überall herumkrochen. Man kann es nicht beschreiben!» Waltraud Schreiner verspürte keinerlei Berührungsangst: «Ich sah einen Mann mit offener Tuberkulose … Er hustete erbärmlich. Ich ging hin, gab ihm die Hand und hatte überhaupt keine Angst. Abgestoßen haben sie mich nie.» Wehmütig gesteht sie: «Wäre ich jünger gewesen, vielleicht mit dreißig, ich wäre sicher geblieben!»

Einmal, ein einziges Mal, hat Waltraud Schreiner einen Anfall von Schwäche gezeigt. Jahrelang hatte sie schon für Ruth und die Sache alles gegeben. Da schrieb sie 1968 diesen Brief, der ihr so schwerfiel: «Ruth, ich gebe auf. Sollen die andern mal. Ich habe schon genug getan! …»

Natürlich schrieb Ruth Pfau postwendend zurück. Waltraud Schreiner hätte den Brief gar nicht zu öffnen brauchen; sie wusste genau, was drinsteht. Ruths Zeilen ließen an Deutlichkeit nichts zu wünschen übrig: «Gegen das Unrecht hat man *nie* genug getan!»

Da machte sie einfach weiter. Nicht unwillig. Nicht böse. Ruth hatte recht. Ihr Leben, ihr Glück fanden nicht *nach* dem Kampf für eine bessere Welt statt. Da zu sein, mit Geduld, mit Liebe, mit Stetigkeit! So viel zu geben, wie man eben geben kann! Nicht zu fliehen! Augenblick für Augenblick! Das war das Leben – nicht irgendwelche Träume vom Cocktailtrinken am Mittelmeer!

Ja, sagte sich Waltraud Schreiner, sie würde es wieder tun. Sofort. Ohne Wenn und Aber. Doch jetzt – was sollte werden, wenn man sie aus dem Krankenhaus entlassen würde? *So lange selbständig bleiben, wie es irgend geht!*, schoss es ihr durch den Kopf. Nicht in die Pflege! Niemandem zur Last fallen, auch nicht ihrer guten Schwester! Sie würde sich schon wieder ins Leben zurückkämpfen!

Aber eines Tages würde sie doch kommen … die Stunde, in der es wirklich nicht mehr ging. Dann, dachte sich Waltraud Schreiner, geht vielleicht noch einmal die Tür auf, jemand kommt herein, lächelt und sagt:

«Hier, für Sie, Waltraud, nehmen Sie!»

«Aber das ist ja ein kleines Radio!»

«Ja», würde der Besucher sagen, «Musik hören dürfen Sie! Auf meine Verantwortung.»

Ein Bruder wie Theo
(Vincent van Gogh)

Theos Bruder war ein Versager, das wussten alle. Bis auf Theo. Theo blickte immer voll Bewunderung auf den großen Bruder. Schon bei seiner Geburt stand ein Unstern über der Wiege des Bruders, tuschelten die Ammen am Kinderbett: Auf den Tag genau ein Jahr davor hatte die Mutter eine Totgeburt zur Welt gebracht.

Man taufte ihn auf den gleichen Namen, den das tote Kind tragen sollte. In das Geburtsregister von Zundert trug man ihn unter der Nummer 29 ein; es war die gleiche Nummer, die sein totes Brüderchen hätte erhalten sollen. Auf dem Friedhof sah er seinen Namen auf dem Grabstein seines toten Brüderchens. Seine Eltern trugen ein Übermaß von Erwartung an ihn heran; er musste sie enttäuschen.

Ja, sein Bruder fühlte sich nicht genug geliebt; zeit seines Lebens bettelte er um ein bisschen Liebe und Anerkennung. Theo hatte das früh gespürt. Er hatte das Gefühl, er, Theo, müsse das ungeheure Loch ausfüllen, müsse den Krater seines Schmerzes aufschütten, ihm geben, was die Eltern und die Umwelt ihm versagten.

Theo wurde vier Jahre nach seinem älteren Bruder geboren. Er teilte mit ihm die Dachkammer im Elternhaus. Theo sah, wie der störrische große Bruder 1864 als 11-Jähriger fortgeschickt wurde ins Internat. Er bekam mit, wie der 15-Jährige 1868 die Schule für immer abbrach, obwohl er ein guter Schüler war, wie er nach Hause kam, aber nicht so aufgenommen wurde wie der verlorene Sohn. Er beobachtete, wie sein großer Bruder über ein Jahr zu Hause untätig und depressiv herumhing, mit sich und der Welt zerstritten.

«Meine Jugend», würde ihm der große Bruder eines Tages schreiben, «ist düster, kalt und unfruchtbar gewesen.»

Dann ging er weg. Onkel Cent mochte das Elend nicht mehr anschauen; er verhalf dem Jungen 1869 zu einer Anstellung bei einem Kunsthändler in Den Haag. Und hier war es, wo Theo ihn 1872 aufsuchte, um die Freundschaft mit dem großen Bruder zu erneuern.

Die beiden Brüder gingen hinaus in die Natur, nahmen den Weg in Richtung Rijswijk, sprachen von ihren Träumen, Hoffnungen und Plänen, erkannten sich tief, schworen sich Treue, wurden vom Regen erwischt, fanden Unterschlupf in einer Mühle, tranken miteinander ein herrliches Glas Milch.

An diese Stunde würde sich der Bruder später erinnern und Theo schreiben: «Dieser Rijswijksche Weg hat für mich Erinnerungen, die vielleicht die herrlichsten sind, die ich habe.»

Es ist eine Stelle aus einem von über sechshundert Briefen, die ihm der ältere Bruder von da an schickte. Es gab Zeiten, da schrieben sie sich täglich, mitunter sogar zweimal am Tag. Mochte sich die Welt gegen sie verschwören – zwischen die beiden Brüder, die so verschieden waren wie Tag und Nacht, passte kein Blatt Papier.

Natürlich wurde es mit dem «Kunsthändler» nichts. Zu viel innere Unruhe wühlte in dem Bruder; er wurde nach London versetzt, wo er weniger seinen Beruf als die englischen Maler lieben lernte und einen Narren an der Kunst fraß, schließlich nach Paris ins Stammhaus der Handelsgesellschaft, wo er wieder seine Pflichten vernachlässigte und lieber durch Museen streifte, als zu arbeiten.

Es kam zum Eklat. Bilderhandel, hatte der junge Mann seinen Chefs erklärt, sei «organisierter Kunstraub». Theo folgte seinem Bruder in die Kunsthandelsfirma. Er machte es besser, versah seine Aufgabe mit so großem Geschick, dass ihm zeitweise die Leitung einer Filiale des Unternehmens anvertraut wurde. Seit den 1880er-Jahren bis zum Lebensende schickte Theo seinem lebensuntüchtigen Bruder regelmäßig einen Teil seines Monatslohnes zu.

In der Familie galt dieser als notorischer Nichtstuer. Seinem Bruder Theo schrieb er:

> «Es gibt Nichtstuer aus Faulheit und Charakterschwäche, aus niedriger Veranlagung – du kannst, wenn du meinst, mich für so einen halten. Dann gibt es den anderen Nichtstuer, den Nichtstuer wider Willen, der innerlich von einem heftigen Wunsch nach Tätigkeit verzehrt wird, der nichts tut, weil es ihm völlig unmöglich ist, etwas zu tun, weil er wie in einem Gefängnis sitzt, weil er nicht hat, was er braucht, um produktiv zu sein, weil es sein Missgeschick so gefügt hat, dass es mit ihm so weit gekommen ist; ein solcher Mensch weiß manchmal selbst nicht, was er tun könnte, aber er fühlt es instinktiv: Ich bin doch zu irgendetwas gut, ich habe eine Daseinsberechtigung! Ich weiß, dass ich ein ganz anderer Mensch sein könnte! Wozu könnte ich nur taugen, wozu könnte ich dienen! Es ist etwas in mir, was ist es nur!»

Theo glaubte es. Theo glaubte dem traurigen Vogel immer alles.

> «Ein Vogel im Käfig», schrieb ihm der Bruder, «weiß im Frühling sehr wohl, dass es etwas gibt, wozu er taugt, weiß sehr wohl, dass er etwas zu tun hat, aber er kann es nicht tun, was ist es doch? Er kann sich nicht recht erinnern, dann kommen ihm unbestimmte Vorstellungen, er sagt sich, ‹die anderen bauen Nester und zeugen Junge und ziehen die Brut groß›, dann prallt er mit dem Kopf an die Stäbe des Käfigs. Und der Käfig bleibt, und der Vogel ist wahnsinnig vor Schmerz.»

Sein Bruder suchte – nach Liebe, nach Gott, nach künstlerischem Ausdruck. Er suchte die Liebe bei Eugenie; die Säuglingspflegerin – sie sei, schwärmte er dem Bruder vor, «ein Engel der Kleinsten». Eugenie lachte ihn aus. Er suchte die Liebe bei «Kee», die ihn schroff zurückwies. Er suchte sie schließlich bei der schwangeren und trunksüchtigen Prostituierten «Sien», die ihn zeitweise wärmte, aber auch mit Tripper infizierte. Ein Nest sollte er nie finden.

Er suchte Gott, indem er glaubte, er müsse ein Prediger bei den Ärmsten der Armen, den Grubenarbeitern von Borinage, werden. Aber statt den Grubenarbeitern das Licht des Evangeliums zu bringen, wurde er selbst in die Dunkelheit gerissen. Er begann intensiv zu zeichnen. Von der Kirche zurückgewiesen wegen «übertriebener Selbstaufopferung», irrte er herum, ohne Beruf, ohne Perspektive, ohne Geld. Der Vater holte den verwahrlosten 26-Jährigen aus dem Elend zurück ins Elternhaus. Schließlich begann er – vom Bruder ausgehalten –, Kunst zu studieren.

Seine Lehrer stellten mangelndes Talent fest, einen zu groben Strich. Theo aber glaubte an ihn, ermutigte ihn weiterzumalen. Mit Theo konnte er über alles reden. Theo konnte er überschütten mit seinen Sorgen. Theo kam für Vincents Unterhalt auf. Theo zahlte ihm die Miete. Theo besorgte und zahlte ihm die Farben und die Leinwand. Theo finanzierte auch die Bordellbesuche und den Absinth, dem der große Bruder ebenso haltlos verfiel wie der Kunst. Theo fragte, wie es ihm ging und was er sonst noch brauchte. Theo verschaffte ihm Zutritt zu den Kreisen moderner Maler. Theo sorgte dafür, dass der Bruder ausstellen konnte. Theo versuchte, seine Bilder zu verkaufen. Theo war der Engel im Leben des Bruders.

Theo wurde belächelt und angriffen. Er riskierte seine berufliche Reputation, weil er sich für seinen Bruder und die anderen modernen Maler einsetzte. Bei Goupil & Cie. machte man das Geld mit dem faden Salonschwulst von Malern wie Gérôme und Bouguereau. Die prätentiösen Schinken konnte man gut und gerne für 70.000 Franc verkaufen. Die neuen Maler ließen sich überhaupt nicht absetzen; sie brachten allenfalls 150 Franc pro Bild.

Theo geriet in eine «fast ruinöse Doppelrolle als Mäzen und Händler» (Peter Richter). Aber Theo hielt durch, auch als sein verzweifelter Boheme-Bruder aus der Rolle fiel und ihn als «Parasiten der Künste» beschimpfte.

Theo war es, der dafür sorgte, dass sein Bruder den bedrückenden Pariser Umständen entfliehen konnte in das Licht des Südens, nach Arles. Toulouse-Lautrec, ein Freund, hatte es ihm geraten. Was für Farben! Was für ein Glück! Begeistert schrieb er an Theo von seinem ersten Besuch an der Côte d'Azur:

«Eines Nachts machte ich einen Spaziergang am Meer, am leeren Strand … Der tiefblaue Himmel war gefleckt mit Wolken aus einem Blau, tiefer als das fundamentale Blau des intensiven Kobalts, und anderen von einem klareren Blau, wie das blaue Weiß der Milchstraße. In der Tiefe funkelten die Sterne, grünlich, gelb, weiß, rosa, wie Brillanten, Smaragde, Lapislazuli, Rubine, Saphire. Das Meer war sehr tief ultramarin – der Strand eine Art Violett und blasses Rotbraun, wie ich es sah, und auf den Dünen (sie sind etwa 17 Fuß hoch) Büsche in Preußischblau!»

Wunderbare, farbsatte Bilder entstanden. Zum ersten und letzten Mal in seinem Leben konnte der Bruder für 400 Franc ein Bild verkaufen. Theo ließ sich anstecken von der Begeisterung des Bruders, der von einer Künstlerkolonie träumte.

Theo war es, der Paul Gauguin dazu überredete, zu seinem Bruder zu ziehen. Dass es auch mit Gauguin schiefging, dafür konnte Theo nichts, auch wenn er wusste: «Es ist ihm nicht möglich, mit jemandem auf eine gleichgültige Weise zu verkehren. Es ist immer entweder das eine oder das andere.»

Die drei Monate von Oktober bis Dezember 1888 entwickelten sich zu einem einzigen Drama, dessen Hergang wir fast nur aus dem nebulösen Zeugnis kennen, das der von der Syphilis ruinierte Gauguin am Ende seines Lebens gab.

Dabei begann es vielversprechend. Gauguin und Theos Bruder malten zunächst friedlich miteinander und genossen das herbstlich milde Licht; sie gaben sich brüderlich dem Absinth hin, den sie in Wassergläsern herunterstürzten, und machten sich zu «hygienischen Ausflügen» in das Bordell der Madame

Virginie auf, in dem Theos Bruder mit einer gewissen «Rachel» schlief.

Bald aber entwickelten sich handfeste Auseinandersetzungen, die schließlich nicht mehr enden wollten. Als dann noch ein nasskalter Herbst es den beiden Malern verwehrte, im Freien zu malen, stritten sie vom Morgen bis in die Nacht.

War es Streit um die Kunst? War es die Atmosphäre von Verwahrlosung, die Theos Bruder um sich verbreitete? War es dessen Angst vor der Abreise Gauguins? War es, dass sich Gauguin in Arles wie ein Gefangener vorkam?

Gauguin jedenfalls gab zu Protokoll, Theos Bruder habe ihn am 23. Dezember 1888 in einem Anfall geistiger Umnachtung von hinten mit einem gezückten Rasiermesser überfallen, worauf er die Nacht nicht mehr im gemeinsamen Haus, sondern in einem Hotel verbracht habe. In ebendieser Nacht schnitt sich Theos Bruder einen Teil seines Ohres ab, wickelte es in Zeitungspapier und brachte es seiner «Rachel».

Vielleicht spielte aber noch etwas ganz anderes die entscheidende Rolle bei dieser rätselhaften Kette schrecklicher Ereignisse. *Einmal,* ein einziges Mal, war ausgerechnet an diesem 23. Dezember ein harter, sorgenvoller Brief Theos eingetroffen, in dem er dem Bruder mitteilte, dass er selbst in großen finanziellen Nöten stecke, keine Kraft und keine Mittel mehr besitze und dass er sich zudem entschlossen habe, «Jo» (Johanna Gesina Bonger) zu heiraten. Vielleicht war es dies, was ihn am tiefsten traf und zu einem irren Akt der Selbstzerstörung inspirierte: die Angst, Theo, den Bruder, zu verlieren.

Dostojewski hat einmal gesagt: «Es müsste doch so sein, dass jeder Mensch irgendwo hingehen könnte. Denn es kommen Zeiten, wo man sich unbedingt an jemanden wenden muss ... Es müsste doch so sein, dass jeder Mensch wenigstens eine Stätte hätte, wo er Mitleid fände.»

Theo, der Bruder, war kein Übermensch; er hatte das Recht, auch einmal an sich zu denken. Er konnte den Krater in der Seele seines Bruders nicht auffüllen, seinen letzten Schrei nicht beantworten. Der Bruder hatte in frühester Kindheit gelernt, «dass an ihm etwas schrecklich falsch sei»; sein Leben vollzog sich als «eine fatale kompensatorische Fehlentwicklung, die uns zwar große Kunst brachte, ihn selbst aber vernichtete» (René Renggli).

Theo überlebte den Selbstmord seines Bruders im Juli 1890 nur um wenige Monate. Seiner Frau hatte er geschrieben:

> «Es schmerzt mich, so ohnmächtig zu sein und nichts für ihn tun zu können; aber außergewöhnlichen Menschen gegenüber sind auch außergewöhnliche Mittel notwendig, und ich hoffe, dass sich diese dann auch finden werden – wo die gewöhnlichen Menschen es nicht suchen würden.»

Jahre nach seinem Tod bestattete man Theo van Gogh neben seinem Bruder Vincent, dem berühmtesten Maler der Welt, der kein einziges Bild gemalt hätte, hätte es seinen treuen kleinen Bruder nicht gegeben.

Personenregister

Quellen

1. Amos Elon: *Zu einer anderen Zeit. Porträt der jüdisch-deutschen Epoche (1743–1933);* diverse Internetquellen (MDR-Sendemanuskript «Der Engel des Moses Mendelssohn»).
2. Paul W. Ahrens: «Der Tag, an dem ich die Angst einholte», in: *Atempause* 4/1991.
3. Fritz Busch: *Aus dem Leben eines Musikers.*
4. Thomas T. Mundakel: *Mutter Teresa. Der Engel der Armen;* Edward Le Joly: *Wir leben für Jesus;* M. T.: *Der einfache Weg;* M. T.: *Zeiten der Barmherzigkeit;* Kathryn Spink: *Mutter Teresa. Ein Leben für die Barmherzigkeit;* Alexander Smoltczyk / Lois Lammerhuber: *Mutter Teresa;* Internet.
5. Oliver Driesen: «Die Meta-Erfindung», in: *brand eins* 8/2003; diverse Internetquellen.
6. *Die Quellen von Taizé;* diverse Schriften von Roger Schutz (insbesondere: *Aufbruch ins Ungeahnte; Vertrauen wie Feuer*); Internet.
7. Carl Zuckmayer: *Als wär's ein Stück von mir;* Alice Zuckmayer-Herdan: *Die Farm in den grünen Bergen;* Thomas Ayck: *Zuckmayer.*
8. Uwe Schmitt: «Der Todesmut des Buchhalters und der Stolz seiner Witwe», in: *Die Welt* vom 7.11.2001; diverse Internetquellen.
9. Paul Badde: *Guadelupe;* diverse Internetseiten (ganz besonders hier: www.virgendeguadalupe.org.mx).
10. Jan-Henrick Muche: «Der Audi 72 markierte 1965 den Neuanfang der vier Ringe», in: *Frankfurter Neue Presse* vom 4.6.2005; Christian Steiger / Thomas Wirth: *AUDI 1965–1975;* Internet; Automobilmuseum «Mobile», Ingolstadt.
11. Felix Zimmermann: «Der Retter», in: *Die Zeit* 17/2005.
12. Catrin Barnsteiner: «Gottes Blüten», in: *Berliner Morgenpost* vom 20.4.2003; diverse Internetquellen.
13. Diverse Internetquellen.
14. Eugenio Zolli: *Der Rabbi von Rom;* Paul Badde: «Der Rabbi und der Papst», in: *Die Welt* vom 18.11.2002; diverse Internetquellen.
15. Diverse Internetquellen.
16. Diverse Internetquellen; Otto B. Roegele: «Adenauer und das Christentum», in: *Die politische Meinung* 373, 12/2000.

17. Yehudi Menuhin: *Kunst als Hoffnung für die Menschen;* Yehudi Menuhin: *Unvollendete Reise;* Internet.
18. Diverse Internetquellen.
19. Alice Schwarzer: *Marion Dönhoff. Ein widerständiges Leben;* Marion Gräfin Dönhoff: *Kindheit in Ostpreußen;* diverse Internetquellen.
20. Diverse Internetquellen.
21. «Gerstein-Papiere»; Christoph Fleischmann: «Der Spion Gottes in der SS», in: *Freitag* 29/2005; diverse Internetquellen.
22. Diverse Internetquellen.
23. *Spiegel*-Jahreschronik 2005: «Das Geld kam in Tüten»; Jörg Maschner: «Das eingelöste Versprechen», in: *Sächsische Zeitung* vom 22.11.2005; Uli Hauser: «Das Wunder von Dresden», in: *Stern* vom 22.10.2005; diverse Internetquellen. Der Autor dankt Herrn Dr. Karl-Ludwig Hoch für die kritische Durchsicht des Textes.
24. Michael O. Wise / Martin G. Abegg / Edward Cook: *Die Schriftrollen von Qumran;* Alexander Schick: *Faszination Qumran;* diverse Internetquellen.
25. Mahatma Gandhi: *Mein Leben;* Louis Fischer: *Das Leben des Mahatma Gandhi;* Internet.
26. Diverse Internetquellen.
27. Diverse Internetquellen; Chrysostomus Dahm: *Millionen in Russland glauben an Gott.*
28. Fred Schmidtlein: «Konzertbericht Barbara Clear», in: *Home of Rock* 5/2004 (Hier gibt's den ganzen lesenswerten Artikel aus *Home of Rock:* http://www.home-of-rock.de/Archiv/Konzertberichte/Barbara_Clear/Muenchen_24_04_2004.html); diverse Internetquellen (unter anderem: www.barbara-clear.de). Der Autor dankt Barbara Clear und Ralph Dittmar für die kritische Durchsicht des Textes.
29. Freddy Derwahl: *Johannes XXIII. Ein Leben für den Frieden;* Internet.
30. Wolfgang Uchatius: «Geldverdienen ist eine Gottesgabe», in: *Die Zeit* 14/2003; Dale Carnegie: *Sorge dich nicht – lebe!;* diverse Internetquellen.
31. Klaus Brath: «Maria Montessori: Ärztin, Pädagogin und Kämpferin für die Frauenemanzipation», in: *Ärzte-Zeitung* vom 6.5.2002; diverse Internetquellen.
32. Achim Zeilmann: «Die Geschichte vom weinenden Kamel. Wenn Wunder wirklich werden», in: *www.zdf.de* und aus diversen anderen Internet-

quellen (Luigi Falorni, Notizen zum Film; Interview mit Byambasuren Davaa).

33. «Happy Ending», in: *Time* vom 26.9.1946; diverse Internetquellen.
34. Interview: «Ein kleines Radio veränderte mein Leben»; diverse Internetquellen.
35. Vincent van Gogh: *Briefe;* Mario Vargas Llosa: «Vincent und Paul allein zu Haus», in: *Die Welt* vom 25.3.2006; Stefan Koldehoff: *Van Gogh. Mythos und Wirklichkeit;* René Renggli: «Vincent van Gogh – ein Wahnsinniger?», in: *Schweizerische Ärztezeitung* 85/2004.

Vom selben Autor weiterhin erhältlich:

Bernhard Meuser
Beten. Eine Sehnsucht
192 Seiten, Klappenbroschur
13 × 20,5 cm
12.99 € [D]/13.40 € [A]/19.80 CHF*
* unverbindliche Preisempfehlung
Bestell-Nr. 204042
ISBN 978-3-03848-042-6

Der Autor schreibt: «Beten ist etwas zutiefst Natürliches, Befreiendes, Sinnstiftendes, ein tiefes seelisches Einschwingen mit dem, was die Welt im Innersten zusammenhält und wofür wir den Namen Gottes haben.»
Dieses Buch ist gefährlich. Mit seiner lebendigen und authentischen Sprache schlägt es den Leser in den Bann. Man merkt, dass hier einer ernst macht mit dem Glauben. Fröhlichen Ernst. Man kann diesen Autor nicht beobachten. Man muss ihm hinterhergehen. Und das hat Folgen, die man erst wahrnimmt, wenn man sich auf den Knien wiederfindet.

fontis
BRUNNEN BASEL

Vom selben Autor weiterhin erhältlich:

Bernhard Meuser
Maschas Geheimnis
240 Seiten, Hardcover
13,5 × 21 cm
14.99 € [D]/15.40 € [A]/22.80 CHF*
* unverbindliche Preisempfehlung
Bestell-Nr. 204058
ISBN 978-3-03848-058-7

«Bernhard Meuser ist hier das Kleinod einer großen Erzählung gelungen. Die Legende von der im Meer verschwundenen Stadt Vineta offenbart die Tragik einer untergehenden Welt und ihrer verkümmernden Liebesfähigkeit. Das so leise und eindringlich in deutscher Sprache zu erzählen, gehört in der zeitgenössischen Literatur zu den Ausnahmen.» *Belgischer Rundfunk, Kulturmagazin*

«Bernhard Meuser ist ein meisterhafter Komponist. Er knüpft in seiner kunstvoll gewobenen Geschichte von großen Gefühlen und tiefen Gedanken nahtlos an die erzählerische Tradition eines Antoine de Saint-Exupéry oder eines Paulo Coelho an.» *Dominik Klenk, Verleger*

fontis
BRUNNEN BASEL